KB045793

아주 사적인 여행

아주 사적인 여행

양주안 산문집

모두가 낯설고
유일한 세계에서

RHK
알에이치코리아

사사로운 여행기의 쓸모

십 년 전 자전거로 유럽을 횡단하겠다며 호기롭게 집을 나서던 날을 잊지 못한다. 공항 출국장 자동문이 닫힌 뒤 나는 완전히 새로운 감정과 마주해야 했다. 기대한 것과는 전혀 다른 무엇이었다. 나는 되도록 그 오묘한 감정을 외면하려고 애를 썼다. 그토록 피하고 싶었던 것은 외로움이었다. 울며불며 전화해도 아무도 달려와줄 수 없는 장소에 혼자 덩그러니 서 있었다. 전부 나의 의지로 선택한 일이었다. 그 사실이 나를 더 깊은 외로움의 방으로 끌어들이고 있었다. 넓은 세상을 보러 간다며 떠들던 말들이 도리어 나를 도망칠 수 없는 벼랑 끝으로 몰고 간 것이다. 혼자서 떠난 나의 첫 번째 여행이었다.

이 여행기를 쓰며 그날 출국장에서 애써 피했던 감정을 솔직하게 마주해야 했다. 그것은 마치 첫 바늘을 어디에 꿰어야 하는가 하는 문제와 닮아 있었다. 시작점이 뒤틀리면 그 후의 바느질은 계속 어긋난 방향으로 흐를 수밖에 없다. 최초의 여행을 제대로 마주해야만 내가 지금 하고 있는 일에 관해 솔직하게 설명할 수 있지 않을까.

지금은 없애버린 다른 원고가 하나 있었다. 거기서 나는 내가 있어야 할 자리에 다른 것들을 채워 넣었다. 파리의 에펠탑이나, 밀라노의 두오모 성당, 멕시코시티의 카사 아줄Casa Azul(프리다 칼로의 생가)에 관한 이야기였다. 내가 아닌 누군가의 역사가 남긴 아름답고 처연한 흔적들을 소개했다. 그렇게 완성한 원고를 가까운 친구에게 보여주었다. 그는 잘 읽었다는 말 대신 날카롭고 어려운 질문을 내게 던졌다. "그래서 네가 하고 싶은 말이 뭐야?"

나는 무슨 말이 하고 싶었던 걸까. 과거는 오래된 미래라는 문구를 본 적이 있다. 랜드마크가 인간에게 좋은 거울이 될 수 있다는 의미로 받아들였다. 다만 오늘을 살고 있는 나라는 사람을 과거에 빗대어 대변하기에는 어딘가 부족했다. 내가 그 시대를 살아낸 사람이 아니기 때문이다.

에펠탑 아래서 벌어진 혁명적 사건들의 주인공을 만난 적이 없다. 두오모 성당을 짓기 위해 죽어나간 숱한 노동자 가운데 한 사람의 이름조차 알지 못한다. 프리다 칼로의 삶은 몇 권의 책으로 추적해본 것이 전부다. 내가 어느 시대를 대변할 수 없듯이, 그것들 역시 나를 온전히 대변할 수 없다는 사실을 알아차렸을 때, 비로소 진짜 내 이야기를 써 내려 갈 수 있었다. 그야말로 아주 사적인 여행기를 쓰기로 한 것이다.

사사로운 이야기가 가진 힘을 믿기로 했다. 그것은 개인적인 이야기로 글을 짓는 사람에게 필요한 믿음이자, 내가 살아낸 시간이 누군가의 오늘과 맞닿을 수도 있다는 막연한 희망이다. 위대한 역사는 찬란하지만 지나간 것이고, 개인의 삶은 어떤 모양으로든 살아 있다. 살아 있는 이야기를 하고 싶었다. 그러려면 살아 있는 사람 가운데 가장 오래 들여다본 사람부터 관찰해야 했다. 그는 다름 아닌 나였다.

이 여행기에는 지난 십 년의 세월이 담겨 있다. 지난 십 년 동안 나는 많이 변했다. 물론 좋은 방향으로만 바뀐 건 아니다. 단지 살아 있는 것은 변한다는 말에 희망을 심

어두웠을 뿐이다. 지금보다 더 나은 사람이 될 여지가 남아 있다고. 오랫동안 여행을 기록하고 나를 관찰한 내용을 정리하면 어느 정도 답을 찾을 거라 생각했으나 그렇지 못했다. 관찰은 답이 아니라 새로운 질문을 만들곤 한다. 여전히 묻는다. 나는 무슨 말이 하고 싶어서 여행하고 글을 쓰는 걸까.

문득 이 물음의 연결고리가 나와 당신을 이어주는 가느다란 실타래가 될지도 모른다는 생각이 들었다. 적어도 아직까지는 완전한 정답을 찾은 사람을 만나지 못한 까닭이다. 누구나 자기만의 길을 걸으며 어느 질문 앞에서 멈추었다 다시 나아가는 경험을 했거나, 하고 있다고 믿기 때문이기도 하다.

만약 당신이 어떤 질문 앞에서 멈춰 서 있다면, 답을 찾지 못해 답답한 마음에 이곳저곳을 서성이고 있다면, 어쩌면 이 이야기가 도움이 될지도 모르겠다. 이곳에 답이 있다는 말은 아니다. 단지 우리와 비슷한 감정을 갖고 살고 있는 사람이 세계 여기저기에서 저마다의 방식으로 꾸려가는 삶을 보여줄 뿐이다. 파리에서 사랑을 찾는 청년들, 밀라노 게스트하우스에서 만난 가난한 여행자들, 멕시코시티에서 만난 거리의 선주민들, 이스탄불 공항에 갇혀버린 시리아 남자, 어린 시절 일본에 정착한 한국인 가이드, 푸에르토 모렐로스에서 사랑을 하고 그림을 그리는 화가. 이 이야기들을 통해 나와 당신 모두 전보다 조금이나마 덜 외로워질 수 있다면, 나의 사적인 무용담이 제법 쓰임새 있는 것이라고 말할 수 있지 않을까.

똑같은 삶은 세상에 없다. 나와 당신, 우리가 살아서 쓰는 모든 이야기는 위대하지 않을지 모르지만, 고유하다는 사실은 변하지 않는다. 이 사사로운 이야기가 당신의 오늘과 맞닿기를 진심으로 바란다. 그 막연한 희망이 지금 이 책을 쓰고 있는 가장 커다란 동력이다.

2023년 여름 파주에서

차 례

3부
———
**아주
사적인
다짐**

1부

아주
사적인
이유

●

사랑이 넘치는
신세계

서울

여름의 일

1996년 여름의 일이다. 여덟 살 아이가 그날 벌인 이상한 행동에 관해 아무도 이유를 묻지 않았다. 심지어 그 일의 장본인인 나조차도 왜 그런 행동을 했는지 알지 못했다.

교실 창에 굵은 빗방울이 떨어져 마치 소변이 마려운 사람이 급하게 노크하는 소리처럼 들렸다. 타다다닥 타다다닥. 수업 끝나는 종이 울리기 전부터 어머니가 챙겨준 우산을 만지작거리고 있었다. 비가 오지 않았다면 친구와 집에 가며 남의 집 벨을 누르고 도망가는 놀이를 했을 테다.

종례가 끝나고 교실 문을 열고 나왔다. 친구들 사이에 섞여 운동장을 가로질렀다. 중간쯤 갔을까. 나는 별안간 우산을 집어 던지고는 운동장을 뛰었다. 온몸에 빗방울이 우수수 달라붙어 윗도리가 다 젖고 말았지만 신경 쓰지 않았다. 목적지는 운동장 구석 놀이터에 작은 물웅덩이였다. 전력으로 달려 웅덩이 앞에서 몸을 날렸다. 이윽고 첨벙대며

물에 빠진 사람 시늉을 했다. 살려주세요, 살려주세요. 뒤
따라온 친구들이 까르르 웃었다. 분위기가 정점에 달하자
하늘을 보고 누워 입을 벌리고 빗물을 받았다. 입 안에 빗
물이 충분히 고였을 때 입술을 동그랗게 모아 물대포를 쐈
다. 친구들은 물대포에 맞지 않기 위해 이리저리 도망쳤다.
아이들이 까르르 웃었다.

　다음 날에도 비가 왔다. 전날보다 더 과감한 퍼포먼스
를 곁들인 쇼가 펼쳐졌다. 관객이 더는 몰리지 않을 때까지
쇼는 멈추지 않았다. 장마가 끝나고 친구가 하나둘 늘었다.
물웅덩이 쇼를 보고 찾아온 다른 반 학생도 몇 있었다. 마
음을 사는 일이 그다지 어렵지 않았다. 이상하고 웃긴 사람
이 되면 그만이었다. 수업 시간에는 선생님에게 엉뚱한 질
문을 하곤 했다. 이를테면 덧셈을 가르치던 수학 선생님에
게 계산기는 대체 왜 있는 건가요, 하는 식이었다. 대체로
어른들은 계획에 없는 질문을 받을 때 화를 냈다. 선생님이
얼굴을 찡그리면 기분이 좋았다. 손바닥을 세게 맞겠지만,
수업이 끝난 뒤에는 아이들이 찡그린 선생님의 얼굴을 곱
씹으며 웃을 게 분명했다.

　손바닥에 50센티미터 자가 찰싹 달라붙을 때마다 오

버액션을 했다. 착, "크아악! 손가락에 맞은 거 같아요." 야단법석을 피우자 앞자리에 앉은 아이가 웃음을 참는 소리가 들렸다. 어른들이 화가 나면 날수록 주변에 친구가 하나씩 늘었다. 사람들이 웃을 수 있다면 그까짓 손바닥쯤이야 얼마든 내어줄 수 있었다.

계시를 받은 아이

독실한 개신교 집안에서 태어났다. 부모님은 나에게 주안이라는 이름을 지어주었다. 영어로 뜻을 풀면 '신 안에 있음 In Christ'이고, 한문으로는 '주인(신) 안에서 평안하라主安'다. 아버지의 가족은 대부분 개신교 신자였고, 어머니도 신실한 개신교인이었다. 일요일을 주일이라고 배웠기 때문에 처음 학교에서 일요일이라는 단어를 배웠을 때 꽤 오래 혼란을 겪기도 했다. 불교 집안에서 태어난 짝과 예수와 부처 가운데 누가 더 힘이 센지에 관하여 말싸움을 벌인 일도 있었다.

　나는 계시를 받았다. 목사가 되어야겠다. 신비로운 체

험을 한 것은 아니다. 단지 목사가 되어야 하는 운명을 타고났다고 생각하게 된 것이다. 부모님은 매일 새벽기도에 갔다. 그때 우리 가족이 살던 집은 용산구 도원동의 작은 단칸방이었다. 부모님이 새벽기도에 나갈 채비를 하면 바스락거리는 소리가 났다. 가끔 잠에서 깨는 날이 있었는데, 어스름하게 내려앉은 어둠과 차가운 새벽 공기는 다섯 살 아이가 부모님 없이 뜬눈으로 마주하기에는 버거운 것이었다. 두 살 어린 동생이 있었지만 그다지 위로가 되진 않았다. 잠이 들면 좀처럼 깨지 않는 세 살 꼬마가 무슨 힘이 있을까. 바스락거리는 소리에 잠에서 깬 날이면 부모님을 따라 새벽기도에 갔다. 교회에 나가 기도하는 어머니의 무릎에 머리를 베고 다시 잠을 청하곤 했다.

교회 어른들은 어린아이가 새벽기도에 나온 것을 보며 칭찬하기 바빴다. 단지 마음 편히 잠을 자고 싶어 교회에 왔지만, 어른들은 다르게 받아들인 모양이었다. 종종 성경에 나오는 사무엘과 나를 비교하곤 했다. 그는 부모가 신에게 바친 인물로 유대인의 역대 종교 지도자 가운데 하나다. 부모에게는 선택이었겠지만, 아이에게는 운명이었을 것이다. 아무튼 교회에서는 사무엘이 위인으로 통용되었으므로 기분 나쁜 말은 아니었다. 집사님과 권사님이 나를 칭찬할 때마다 부모님의 입가에 미소가 걸렸다. 신을 믿는다고 말하면 어른들이 웃었다. 기분이 좋은 날에는 기도 시간에 으레 외치는 '주여 삼창'을 따라 했다. 기도하는 부모님의 어깨가 으쓱하는 게 보였다. 부모의 감각은 언제나 자식에게 곤두세워져 있기 마련이다. 아빠, 엄마가 좋으면 나도 좋았다.

"주안아, 너는 목사가 되어야겠다."

어느 날 아침 할머니가 간밤에 꾼 꿈에 관하여 이야기해 주었다. 내가 교회 맨 앞 강단에 서서 설교하고 있었다는 내용이었다. 이것을 일종의 계시로 받아들였다. 한글도 떼지 못한 아이가 신을 이해할 리 만무했지만, 감각적으로 알 수 있었다. 목사가 되어야겠다고 선언하면 모두가 행복할 거라고. 나이가 들면서 다른 꿈을 꾸지 않았던 건 아니다. 수차례 다른 꿈을 꾸려고 시도했지만, 달리 끌리는 일이 없었다. 결국 나는 신학대학교에 가기로 했다. 아주 오래전부터 정해져 있는 운명 같은 것이었다. 운명을 받아들이는 동안 아무도 내게 정말로 신을 믿고 있는지 묻지 않았다.

여우가 알려준 세상 모든 지혜

이십 년이 넘도록 굳게 믿어온 운명을 뒤틀어놓은 것이 고작 한 사람의 무용담일 줄이야. 사회복지관에서 공익근무요원으로 일하던 시절, 선임 가운데 한 명은 이곳에 오기 전 자전거로 유럽을 횡단했다. 항상 그 선임과 함께 밥을 먹었는데, 매일 다른 무용담을 들을 수 있었다. 그가 멋있어 보였다. 나도 멋있고 싶었다.

개신교인이 많은 사회에서 목사 지망생은 꽤 멋있는 타이틀이었다. 복지관에 오기 전까지 나를 둘러싸고 있던 인간관계는 이러했다. 개신교인 가족, 교회 친구, 교회 전도사님, 교회 목사님, 목사 지망생 동기들. 그 세계에서 나는 제법 멋있는 사람이었으나, 개신교인 사회 밖으로 나가면 별것 아니었다.

자전거 여행을 다녀온 목사 지망생. 모자란 퍼즐 하나가 딱 들어맞는 기분이었다. 멋있는 사람, 남들과 다른 사람, 나를 둘러싼 세계 안과 밖에서 모두 사랑받는 사람이 되기에 여행만 한 것이 없다고 생각했다.

소집해제 하자마자 아르바이트를 했다. 그 돈으로 자

전거 한 대와 여행용 배낭, 바르셀로나행 비행기 티켓을 살수 있었다. 스물세 살 겨울의 일이었다. 이듬해 이른 봄부터 배낭을 쌌다. 속옷, 양말, 티셔츠 몇 장을 욱여넣었다. 책도 한 권 챙겼다. 생텍쥐페리의 「어린 왕자」였다. 나는 그 책을 경전처럼 읽었다. 세상의 모든 지혜가 여우의 입에서 나왔다. 어쩌면 그때 「어린 왕자」를 읽지 않았더라면 여행을 떠날 명분을 찾지 못했을지도 모르겠다. 어린 왕자는 일상의 바깥으로 내던져진 뒤에서야 일상을 제대로 바라본다. 제법 근사한 여행의 이유라고 생각했다. 물론 이건 모두 생텍쥐페리의 생각이었고, 나의 진심은 아니었다. 단지 나중에 사람들에게 무용담을 들려줄 때 말하기 좋은 명분일 뿐이었다.

배낭에 물건이 차곡차곡 들어찼다. 나는 왜 여행을 하기로 한 걸까. 배낭 지퍼를 올리고 떠날 준비가 끝나자 진짜 기대하고 있는 것들이 머릿속에 떠올랐지만, 입 밖에 내지는 않았다. 멋없는 말투성이었기 때문이다. 복기해보면 여행의 이유는 단순했다. 남들과 다른 사람이 되고 싶었다. 멋있는 무용담을 늘어놓으며, 당신도 나처럼 살라고 말할 수 있는 사람이면 더 좋겠다고 생각했다. 여행은 일종의 기행이었다. 1996년 여름 물웅덩이에서 벌어진 사건이 2012년 봄에 재현되었다. 이 여행이 끝나면 더 많은 사람이 나를 사랑할 것이다.

미움이 없는 곳으로

여행을 하기 위해 돈이 필요했다. 마침 남산타워 바로 아래 있는 편의점에서 아르바이트생을 채용한다는 공고가 눈에 들어왔다.

겨울의 출구라고 해야 할까, 봄의 입구라고 해야 할까. 그 편의점으로 면접 보러 간 날을 명확히 어떤 계절이라고 말하기 어렵다. 약간 쌀쌀했고, 나무에는 잎이 거의 없었다. 길가에는 숲이 있었는데 나뭇가지 사이로 서울이 조각조각 눈에 들어왔다. 종종 딱따구리가 나무에 구멍을 뚫는 소리가 들렸다. 남산 순환 버스가 천천히 옆을 지나다녔으며, 자전거로 남산을 오르는 사람들이 허벅지에 불이 나도록 페달을 밟으며 올라가고 있었다. 여러 가지 소리가 들려왔으므로 조용하지 않았지만, 고요하다는 느낌을 받았다.

점장은 많아야 삼십 대 중반 정도 되어 보였다. 남산타워 편의점은 직영점이었고 점장은 본사 대리였다. 질문은 두 개가 전부였다. 어디 사는지, 몇 달이나 일을 할 수 있는지. 면접은 오 분 만에 끝났고, 당장 내일부터 출근하라고 했다.

한 달 정도 평온한 일상이 이어졌다. 그리 바쁘지도 않았고, 마냥 한가하지도 않았다. 나무에 달린 꽃봉오리가 열리고 꽃이 피면 참 예쁘겠지. 일하러 올라갈 때마다 생각했다. 꽃봉오리 안에 숨어 있는 게 꽃만은 아니라는 사실을 그때는 알지 못했다.

꽃봉오리가 기지개를 켜자 남산 순환 버스에 사람이 가득 차기 시작했다. 관광객을 태운 버스가 하루에도 수십 차례 드나들었다. 수백 명씩 손님이 들이닥쳤다. 점심을 앉아서 먹는 건 사치였다. 계산대 앞에 손님이 줄지어 서 있었다. 본사 대리와 직원은 카운터에서 계산을 했다. 나는 종일 냉장고 뒤로 들어가 음료수를 채워야 했다. 다른 아르바이트생은 손님이 훑고 간 자리에 버려진 쓰레기를 치우느라 정신없었다.

놀러온 이들은 시간을 길게 늘어뜨려 최대한 이 순간을 오래 잡아놓고 싶을 테지만, 나는 될 수 있으면 이 순간을 압축해서 얼른 지나가고 싶었다. 사람들이 지르밟는 벚꽃을 볼 때마다 분노가 치밀었다. 금방 떨어진 꽃잎은 물기를 머금고 있다. 운동화 밑창에 꽃잎이 닿고 땅바닥의 흙에 몇 번 버무려지면 검은 결정체가 된다. 그대로 편의점에 들어오면 바닥 타일에 검은 얼룩이 생겼다. 발을 질질 끌며 걷는 습관이 있는 사람이 들어오면 수묵화처럼 난이나 산등성이가 매장 바닥에 그려졌다. 사람의 무게로 눌러 그린 수묵화는 잘 지워지지도 않았다. 동료 아르바이트생들은 벚꽃을 똥이라고 불렀다. 사람들이 휩쓸고 간 뒤에는 대걸레로 바닥을 박박 닦으며 봄을 저주했다.

오늘부터 퇴근은 없다. 낮부터 밤까지 손님이 밀려들 것이다. 그들의 신발에는 짓이겨진 벚꽃 잔해가 묻어 있겠지. 문 앞에 발을 털고 들어오라고 발판을 놓았다. 물론 사람들은 발판이 있는지도 모른다. 가끔은 일부러 발판을 뛰어넘어 들어오나 싶었다. 힘이 들면 오해하기 쉬워진다. 매장 바닥에는 검은 꽃 똥이 얼룩을 만들었다. 꽃이 싫었다. 차마 사람이 싫다고 말하지 못하고 애꿎은 꽃을 미워했다.

극성수기에는 아르바이트생이 충원됐다. 정확하게 말하면 전날 밤을 새운 야간 아르바이트생이 퇴근을 뒤로 미룬 것이다. 오후까지 집에 돌아가지 못한 야간 아르바이트생은 눈을 반쯤 감은 채 카운터를 지켰다. 강압적인 근무는 아니었다. 점장은 시간 외 근무는 시급 1.5배를 준다며 생각 있으면 추가 근무를 하라고 했다. 선택은 아르바이트생의 몫이었다. 야간 아르바이트생의 얼굴이 점점 까맣게 변했지만, 나 역시 그의 선택에 기댈 수밖에 없었다. 그가 집에 돌아간다면 이 많은 손님은 내 몫이 된다. 종종 틈이 나면 그의 귀에 달콤하고 위험한 말을 속삭였다. 돈 많이 벌어야 해, 벌 수 있을 때. 야간 아르바이트생은 나보다 한 살어렸고, 천만다행인 일이었다.

가게 매출액이 클수록 미워하는 것이 많아졌다. 사태를 이 지경으로 만든 모든 것이 미웠다. 꽃과 바람과 사람 모두 다. 쏟아지는 졸음을 억지로 참아내고 있는 야간 아르바이트생에게 힘내라고 말했다. 기댈 수 있는 곳이, 짐을 함께 들어달라고 말할 수 있는 사람이 피곤함에 절어 있는 어린 동료뿐이었다. 돈을 버는 일은 누군가를 미워해야 하는 일은 아닐까. 부자로 태어났다면 더 많은 것을 사랑할 수 있었을까.

　성수기가 다 지나갈 무렵 바르셀로나행 비행기표를
샀다. 여름까지 일하고 가을에 떠날 계획이었으나, 나는 이
른 여름에 출발하는 비행기표를 샀다. 유난히 손님이 많던
날 밤 항공사 웹사이트를 들어간 게 화근이었다. 몇 달만
더 일하면 실업급여를 받을 수 있었지만 다가올 여름방학
때문에 더는 일하고 싶지 않았다. 숱한 청춘의 고삐가 풀릴
것이다. 나도 청춘이지만, 다른 이의 청춘을 감당할 용기는
없다. 점장에게 일을 그만두겠다고 했다. 아침마다 울상을
하고 그만두고 싶다 말하는 점장에게 여행을 갈 거라고 말
하지 못했다.

　며칠 뒤 새로운 아르바이트생이 뽑혔다. 그가 처음 출
근하는 날 나는 마지막 퇴근을 했다. 곧장 길 건너 서울이
훤히 보이는 전망대로 갔다. 서울은 참 아름다운 도시구나.
잎이 무성하게 자라 짙은 초록빛을 냈다. 등산로로 사람들
이 몰려 올라왔다. 따듯한 바람이 불었다. 시간을 길게 늘
어뜨려 될 수 있으면 오래 이 아름다운 순간을 붙잡아두고
싶었다. 아무도, 아무것도 밉지 않았다. 곧 바르셀로나에
갈 것이고 그곳에서는 아무도 미워하지 않아도 된다.

여행은 미움이 없는 곳으로, 사랑이 넘치는 신세계로 데려다줄 것이다.

●

아무도 모르는 사람

바르셀로나&칼레야

뭐 어때요

바르셀로나 공항에 도착한 건 밤 열한 시쯤이었다. 커다란 배낭을 등에 지고 입국장을 빠져나왔다. 기다리는 사람은 없었다. 낯선 언어가 귓가에 맴돌았다. 알아들을 수 있는 말이 없었다. 숙소 근처까지 가는 버스를 타려고 안내 데스크로 갔다.

"시내로 들어가는 버스는 어디에서 타야 하나요?"

어리둥절한 표정을 하고 묻자, 직원이 공항 지도에 그림을 그려가며 버스 정류장을 알려주었다.

"그라시아스(고맙습니다)."

내가 할 줄 아는 몇 안 되는 스페인어였고, 꼭 한번 써먹어 보고 싶었다. 그러자 직원이 환하게 웃으며 스페인어로 몇 마디 더 했다. 알아들을 수 없었다. 나는 웃으며 자리를 떠났다.

정류소에 버스가 도착했다. 유로화에 익숙하지 않아

손바닥에 동전을 올려놓고 하나씩 세고 있었더니 답답했는지 버스 기사가 직접 동전 몇 개를 골라주었다. 고작 동전 몇 개일 뿐이었다. 사소한 일까지 챙길 만한 여유도 없었다(5유로짜리 동전 하나가 한화로 7천 원에 가까웠지만, 동전이라는 이유로 나는 그 돈을 매우 하찮게 생각했다). 자리에 앉아 버스 안을 둘러보았다. 창밖 풍경보다 버스 안의 사람들이 더 궁금했다.

버스는 바르셀로나 시내에서 멈췄다. 고풍스러운 가로등과 오래된 건물들. 영화에서나 보았던 유럽의 거리였다. 수염이 얼굴의 반을 가린 남자들과 코가 오뚝하게 솟은 여자들이 곁을 지나다녔다. 낯선 것은 두렵다. 일상적인 장면이 전부였으나 신경은 날카롭게 곤두서 있었다. 숙소로 가는 길에 눈을 이리저리 흘기며 걸었다.

숙소는 한국인이 운영하는 민박집이었다. 벨을 누르자 스피커에서 익숙한 언어가 들렸다. 오늘 예약하신 분인가요? 늦은 시간에 벨을 누를 사람이라고는 숙소 손님밖에 없었고, 그날 예약한 사람은 나 하나였다. 그러니 올라(안녕)라는 스페인식 인사도 없이 한국말이 튀어나온 것이리라. 한국말을 듣자마자 정신이 풀리는 듯했고 긴장감 탓에 몸속 깊은 곳으로 미뤄두었던 여독이 밀려왔다. 숙소에 들어가자마자 곧장 침대에 누웠다. 언어란 참 무섭다. 단지 통한다는 이유 하나만으로 모든 의심을 거두게 한다. 옆 침대에는 모르는 남자가 자고 있었다. 조용히 침대 옆에 짐을 놓았다. 늦은 밤이었으므로 갈아입을 편한 옷만 꺼내고는 곧장 침대로 향했다. 누운 지 몇 분도 채 되지 않아 잠들어버렸다.

다음 날 아침 식사로 된장국과 계란말이가 나왔다. 어젯밤 인사를 나누지 못한 룸메이트가 식탁에 앉아 있었다. 축구장을 돌아다니며 사진 찍는 남자였다. 옆방에 묵는 대학생 둘도 같이 앉았다. 한국 어디에서 왔어요? 학생인가요? 전공이 뭔가요? 질문이 쏟아졌다. 그날은 내가 주인공이었다. 이들에게 며칠 만에 찾아온 새로운 사람이었다. 된장국이 참 맛있었는데 대답하느라 제대로 떠먹지도 못했다. 서울이요. 학생이고 신학 전공하고 있어요. 더는 말을 이어가지 않았다. 얼른 이 집에서 나가고 싶었다. 내게는 모험이 필요했다. 한국에 돌아가 바르셀로나는 된장국이 맛있다는 무용담을 늘어놓고 싶지 않았다. 다음부터 아침을 나가서 먹기로 했다.

숙소 앞 슈퍼마켓에서 빵과 하몽 조각을 팔았다. 아침마다 이 가게에서 음식을 포장해 공원 벤치에 앉아 밥을 먹었다. 건너편에는 허름한 옷을 입은 남자가 나랑 비슷한 메뉴로 끼니를 때우고 있었다. 그 남자도 매일 같은 시간에 밥을 먹었으므로 일주일 내내 같이 밥을 먹은 것이나 다름없었다. 며칠 봤다고 눈인사도 나누는 사이가 되었으나 커다란 광장을 사이에 두고 더는 가까이 가지 않았다. 그때 나는 편견이라는 단단한 방패를 굳건하게 세웠다.

다섯 번째 아침이었다. 그 남자가 내게 말을 걸었다.

"바르셀로나는 아름다운 도시죠? 안 그래요?"

유창한 영어였다. 스페인 사람 특유의 투박한 억양도 느껴지지 않았다. 바르셀로나는 생각보다 영어가 통하지 않는 도시다. 그는 내가 바르셀로나에서 만난 사람 가운데 가장 유창하게 영어를 사용하는 사람이었다.

"날씨도 풍경도 모두 아름다워요. 그런데 영어 진짜 잘하네요!"

그러자 그가 크게 웃으며 대답했다.

"영국 사람이니까요."

그는 스페인인 아버지와 영국인 어머니 사이에서 태

어났으며 런던에서 자랐다고 했다. 남자에게 바르셀로나의 공원에서 지내고 있는 이유에 관하여 물었다.

"세계를 여행하고 있어요. 잠은 주로 터미널에서 자고 히치하이크를 하죠. 행색은 신경 쓰지 않아요. 뭐 어때요, 날 아는 사람도 없는데."

말이 끝나자 그는 나를 데리고 공원 광장 가운데로 향했다. 조금만 기다려봐요, 바르셀로나에서 가장 아름다운 장면을 보여줄게요. 남자는 이 말을 한 뒤 아침 식사로 먹던 빵을 잘게 부쉈다. 거의 절반에 가까운 빵이 부스러기가 됐다. 그 가운데 반은 내 손에 쥐어 주었다. 이윽고 남자는 빵 부스러기를 하늘 위로 던졌다. 그러자 푸드득하는 소리가 났다. 비둘기였다. 아니, 비둘기 무리였다. 남자 주위로 수십 마리 비둘기가 날아들었다. 그는 내 쪽을 보며 빵가루를 하늘로 던지라고 손짓했다. 우물쭈물하며 서 있는 내게 남자가 소리쳤다.

"뭐 어때요, 당신을 아는 사람도 없는데!"

감정은 몸에 쌓인다

"야, 너 지금 뭐라고 했어?"

그렇게까지 해야 했을까? 그놈 눈에서 눈물이 날 때까지 고약한 말들을 뱉어주고 싶었다. 처음 본 사람에게 이렇게까지 화를 낸 적은 없었다. 웬만하면 좋게 넘어가는 것이 마음 편했으니까. 바르셀로나에서 50킬로미터쯤 떨어진 해안 도시 칼레야Calella의 한 유스호스텔. 십육 인실 도미토리 숙소에 투숙객은 세 명이 전부였다. 두 사람은 각각 캐나다와 미국에서 온 여행자였다. 일 층 로비 한쪽에 공동 주방이 있었는데, 마트에서 재료를 사와 요리를 해먹곤 했다. 그날따라 두꺼운 소시지를 사온 탓에 오래 가스레인지를 붙잡고 있어야 했다. 한참 전부터 식탁 의자에 앉아 차례를 기다리던 캐나다인이 씩씩거렸다. 이윽고 그가 지나가던 미국인에게 무슨 말을 속삭였고, 딱 한마디가 귀에 꽂혔다.

옐로우 몽키.

프라이팬에 소시지를 올려둔 채 뒤로 돌아섰다. 캐나다인은 180센티미터가 족히 넘는 거구였다. 나는 호랑이 앞에서 물불 안 가리고 짖어대는 작은 풍산개처럼 으르렁 댔다. 덩치도 큰 놈이 어리둥절한 표정이다. 그에게 옐로우 몽키라고 한 일을 사과하라고 했다. 의외로 재빨리 미안하다고 했다. 못 알아들을 줄 알았다고. 그 말에 더 흥분하고 말았다. 못 알아들으면 그런 말을 해도 되느냐며 따져 물었다. 미국인의 중재로 사건은 일단락되었다. 그날 밤 방에는 정적이 흘렀다. 숙소에서 나갈 때까지 한마디도 나누지 않았다.

다음 날 다른 도시에 가기 위해 자전거에 올랐다. 바닷바람이 선선하게 부는 날이었다. 자전거를 타지 않았더라면 바람을 좋아했을지도 모르겠다. 바람은 응석받이 아이처럼 바짓가랑이를 붙잡고 늘어졌다. 페달을 밟아도 도대체 속도가 나지 않았다. 도로 위에 쉬어갈 의자는 없었다. 길바닥에 주저앉아 전날 마트에서 사온 오렌지를 까먹기로 했다. 어제 캐나다인에게 쏟아부은 욕설이 못내 마음에 걸려 있었다.

때로 살아온 날들을 배반하고 나서야 보이는 것들이 있다. 바람이 불면 파도가 치고, 물이 들면 모래가 젖는 일들에 관하여 겸허히 받아들이는 연습도 필요하다. 캐나다인의 기분을 끝내 풀어주지 않은 건 사회적 인간으로서 나라는 사람에게 벌인 철저한 배반이었다.

어린 시절 친구와 싸우면 어른들이 서로 사과를 하게 했다. 미안해, 나도 미안해. 친구를 잃어버릴 각오를 하고 뛰어든 싸움은 미안하다는 말 한마디로 끝났다. 아니, 사실 제대로 마무리한 적은 별로 없다. 미안하다고 하면 어른들에게 더는 혼나지 않아도 된다는 걸 알고 있었다. 엄한 표정을 하고 앞에 서 있는 덩치 큰 어른의 그늘에서 한시라도 빨리 벗어나기 위해 감정이 정리되기도 전에 미안하다는 말을 뱉었다. 내게 미안하다거나, 괜찮다는 말은 상황을 끝내는 문장일 뿐이었다.

기억이란 신묘하다. 사건은 잊을 수 있지만 감정은 몸에 쌓인다. 예비군 훈련장에서 오랜만에 마주친 친구를 보았을 때, 그의 얼굴을 보자마자 알 수 없는 분노가 치밀었다. 그와 나 사이 심각한 다툼이 있었다는 건 기억하고 있지만 무엇 때문에 싸우게 되었는지 잊었다. 내 기억이 맞다면 선생님의 중재로 화해를 했던 거 같다. 그 후 점심시간에 우리는 운동장에 나가 함께 축구를 했다. 아무 일도 없었다는 듯이 골을 넣고 환호했다. 다음 해 그 친구와 다른 반이 되었고 복도에서 만나도 인사를 나누지 않았다. 예비군 훈련장에서도 먼발치에서 서로 얼굴을 확인하고는 종일 모르는 체했다. 이제껏 완전한 화해를 경험하지 못한 탓이었다. 말로 하는 사과를 불편한 상황에서 탈출하는 용도로 사용해왔으므로 캐나다인의 사과도 비슷하게 여겼다.

오렌지를 입에 물고 이제껏 내가 사과하고, 사과를 받아온 과정을 천천히 뜯어보았다. 미안해, 괜찮아, 우리 다음부터는 싸우지 말자. 신속하고 명확한 매뉴얼이 떠올랐고, 그것이 가장 큰 문제였다. 감정이 부풀어 올랐다가 사그라들기까지 꽤 오랜 시간이 걸렸지만, 티 내지 않았다. 아무 일 없었다는 듯이 친구를 만나고 술래잡기를 했다. 이 재미난 순간을 지키려면 제대로 된 화해는 기대하지 말아야 한다고 지레짐작했다. 친구를 잃지 않기 위해 한껏 부푼 분노에 구멍을 냈다. 알아서 바람이 빠지기를 기대했다.

그 시절 친구들 얼굴이 이제는 가물가물하다. 누구는 이사했고, 누구는 다른 학교에 진학해 새로운 친구들과 어울렸다. 나도 마찬가지였다. 이렇게 쉽게 떠날 친구들이라는 걸 미리 알았더라면 그때 화가 가라앉을 때까지 물고 뜯어야 했다. 더 화끈하게 싸우고 더 어렵게 화해했어야 했다. 분노에 구멍을 내는 법을 배웠지만, 서로의 분노를 꺼내놓고 조율할 생각은 하지 못했다. 감정을 묵힌 시간이 쌓여 감정을 드러내는 것이 부끄러운 지경에 이르렀다. 화를 내거나, 울음을 터뜨리거나, 심지어 크게 웃는 일도 창피했다. 감정이 고스란히 얼굴에 드러날 때면 커다란 광장에 나체로 선 기분이 들었다. 적당히 화를 내고, 대충 화해하고, 모양새가 망가지지 않을 정도로만 웃음을 터뜨렸다. 그러자 주변에 친구가 많은 사람이 되었다. 어른들은 내게 착한 아이라고 했다. 그들 가운데 여전히 곁에 남아 있는 사람은 거의 없다.

　달콤한 오렌지 과즙이 입 안 가득 퍼지고 있을 때, 그동안 사람을 곁에 두기 위해 미뤄둔 감정을 끄집어냈다. 몇 개의 감정은 너무 깊고 어두운 곳에 미뤄두었는지 기억이 나지 않았다. 켜켜이 쌓인 감정은 어느 순간에 몸 밖으로 비집고 나올 것이다. 날카롭게 갈린 언어들이 가장 만만한 사람, 그러니까 어떤 짓을 해도 내 곁을 떠나지 않을 거라는 믿음이 있는 사람을 찌를 테다. 가족이나, 친구, 연인이 다른 사람이 맞아야 할 화살을 대신 맞겠지. 많은 사람에게 사랑받기 위해 가까운 사람에게 얼마나 많은 생채기를 내야 하는 걸까. 이대로 살면 외롭게 죽을지도 모르겠다. 다시 자전거에 올랐다. 해안 도로를 따라 천천히 바퀴를 굴렸다. 선선한 바람이 불었다.

삶의 안쪽

자전거 여행을 마치고 집으로 돌아오자, 어머니가 물었다. 여행하고 무엇이 변했니? 장황한 이야기를 꺼내지 않았다. 살이 좀 빠진 것 말고는 별로 변한 건 없어. 진심이었다. 한국으로 돌아오는 비행기 안에서 옆자리에 앉은 벨라루스 남자가 술을 권했다. 처음 본 사람에게 친구라고 말하며 어깨동무를 하지 않나, 그만 마시고 싶다는데도 계속 술을 주문하지를 않나. 그의 행동 하나하나가 무례하게 느껴졌다. 그렇지만 웃으며 술잔을 받아들었다. 승무원이 그를 제지하고 나서야 술잔을 놓을 수 있었다. 일곱 시간이나 옆자리에 앉아 있어야 하는 사람과 불편해지고 싶지 않았다. 항공사 실수로 가방 하나가 늦게 도착한다는 사실을 알았을 때도 웃었다. 미운 사람으로 기억되고 싶지 않았다. 웃는 얼굴과 친절한 말투는 오랜 시간 몸에 익은 습관이었다. 스페인 동부 해안에서 했던 작은 다짐은 잊혔다. 그날 일기를 쓰지 않았더라면 여태 기억하지 못했을지도 모른다. 여행은 끝났고 나는 여전히 사랑받는 사람이고 싶었다.

　학교 선배가 인사를 안 한다는 이유로 꾸중할 때, 회사에서 혼자 일을 떠맡고도 아무 말도 못 할 때, 길에서 어깨를 부딪친 사람이 날카롭게 째려볼 때, 미소를 지었다. 미움받을 용기는 없었다. 밉지 않은 사람으로 남기 위해 발버둥 치는 일이나 미움 받으며 속병을 앓는 것이나 별반 다를 것이 없다고 여겼다. 모든 감정을 마주하기란 여간 어려운 일이 아니었다. 몇 개는 뒤로 미뤄두더라도 치명적인 감정은 꺼내두려고 애를 썼으나, 사람을 잃을지도 모른다는 두려움에 다시 분노에 구멍을 냈다. 구멍을 너무 자주 낸 나머지 부풀어 오르는 법을 잊어버렸다고 느낄 때 배낭을 쌌다. 이왕이면 나를 아는 사람이 없을 만한 곳으로 향했다. 여행은 나약함의 선언이었다. 삶의 안쪽에서 나를 지키려 투쟁하다 백기를 들고 도망쳐버리는 일이었다. 나약한 사람은 삶의 바깥에서 구원을 찾으려든다.

여행이 삶을 변화시킨다는 말은 반은 맞고 반은 틀리지 않을까. 삶의 바깥에서 구원을 찾으려들지만 건강한 인생을 위해 정작 바꿔야 하는 건 삶의 가장 내밀한 부분이라는 걸 안다. 그럼에도 여전히 나를 여행지로 몰아넣는 건 사랑받지 못하는 순간을 떠올릴 때마다 스미는 두려움이다. 괜찮은 사람이 되기 위해 얼마나 더 많이 나를 깎아내야 하는지 도무지 가늠할 수 없다. 할 수 있는 일보다 하지 말아야 할 일이 더 많고, 하고 싶은 일보다 해야 하는 일이 먼저다. 어른이 된다는 건 균형을 맞춘다는 의미겠지만, 내게는 너무 어려운 일이다.

나름 최선을 다하고 나서 더는 갈 곳이 없을 때, 도시 밖으로 눈을 돌렸다. 여행은 돌아갈 길 없는 절벽에서 뛰어내리는 일이었다. 무언가에 짓눌리는 듯한 이곳보다 차라리 끝을 알 수 없는 낭떠러지 아래의 저곳이 더 나을 거라는 막연한 희망을 품은 다이빙인 셈이다.

●

미처 기대하지 못한
이야기

바르셀로나

패스마스터

차비 에르난데스가 축구 경기를 하는 모습을 실제로 본 건
바르셀로나에서다. 그는 FC바르셀로나 소속 선수였다. 처
음 바르셀로나의 축구장 캄프 누Camp Nou에 간 이유는 단
연 메시였다. 역사상 최고의 공격수라 불리는 사람을 직접
보고 싶었다. 운동선수치고는 매우 작은 체구의 메시가 요
리조리 공을 몰고 다니며 덩치 큰 수비수들을 제치고 달릴
때 묘한 쾌감이 느껴졌다. 마치 영화 「반지의 제왕」의 주인
공 프로도 같았다. 메시가 골을 넣으면, 작고 약한 프로도
가 무지막지한 괴물들을 피해 절대 반지를 화산 분화구에
던질 때 느꼈던 희열과 비슷한 기분이 들었다.

경기장에 들어서니 운동장에서 몸을 푸는 선수들이
보였다. 한쪽 구석에서 메시가 공을 차고 있었고, 사람들이
그의 모습을 카메라에 담기 위해 몰려 있었다. 메시 건너편
에 한 선수가 있었다. 차비였다. 평범한 체구에 운동선수라

고 하기에는 순하게 생겼다. 설렁설렁 몸을 푸는 모습이 딱
히 눈에 띄지는 않았다. 카메라를 들어 메시를 찍으려는 순
간 옆자리에 앉은 중년 남자가 말을 걸었다. 그는 내게 메
시를 보러 왔느냐고 물었다. 그렇다고 했더니 이내 차비 쪽
으로 손가락을 가리키며 말했다. 경기를 볼 때 저 선수를
꼭 눈여겨보세요. 차비가 없으면 메시도 없어요.

메시가 골을 넣었다. 그 골을 넣고 메시는 유럽 축구
리그 역사상 가장 많은 골을 넣은 선수가 됐다. 관중들이
환호하며 메시의 이름을 외쳤다. 레오 메시! 레오 메시! 커
다란 경기장에 메시를 찬양하는 소리가 울렸다. 메시는 말
하자면 종교 지도자였다. 캄프 누는 거대한 신전 같았다.
경기가 느슨해질 즈음 옆자리 남자가 다시 말을 걸었다. 차
비는 정말 대단한 선수예요. 사실 메시를 보느라 차비가 어
디에 있는지 볼 틈이 없었다. 그때부터 차분히 차비의 움직
임을 관찰하기로 했다. 왜 이 남자는 메시가 아닌 차비를
찬양하는 걸까.

차비는 중앙 미드필더였다. 공격수와 수비수 사이에
서 공을 연결하는 역할을 맡았다. 대부분 쉬워 보이는 패스
였다. 빠르지도, 화려하지도 않았다. 특별한 점이라고 하면

바르셀로나 팀이 공격을 시작할 때 항상 그를 거쳤다는 거다. 차비는 상대 선수가 왼쪽에 많으면 오른쪽으로 공격을 전개했다. 반대의 경우도 있었다. 혼자서 공을 모는 일은 많지 않았다. 대신 옆에 있는 동료와 짧은 패스를 주고받으며 상대 선수를 따돌렸다. 차비가 공을 잡으면 바르셀로나 공격수들이 바쁘게 움직였다. 메시도 그 가운데 하나였다. 차비는 메시가 뛰어 들어갈 공간을 미리 알고 있는 사람 같았다. 직접 패스를 넣어주기도 하고 때로는 패스하기 더 좋은 위치에 있는 동료에게 공을 주고 손가락으로 비어 있는 공간을 알려주기도 했다. 옆자리 남자는 차비를 경기장 위의 감독이라 불렀다.

차비는 수학 문제를 푸는 사람 같았다. 서너 명 사이에 둘러싸여 있어도 차분히 공을 돌렸다. 어려워 보이는 문제를 쉽게 풀어냈다. 그가 보고 있는 건 자신을 둘러싼 상대 선수가 아니었다. 차비의 눈은 언제나 동료 방향으로 향했다. 가장 좋은 자리에 있는 사람을 살폈고, 끝끝내 찾아냈다. 빛나지 않아도 좋은 동료와 함께 할 수 있다니. 멋진 일이라 생각했다. 경기는 바르셀로나의 승리로 끝났다.

"차비는 많이 뛰는 선수예요. 그가 비어 있는 공간을

메워주니 메시가 마음껏 공격할 수 있는 거죠."

"당신 말처럼 그는 정말 운동장에서 감독처럼 보여요. 차비가 공을 잡으면 마치 선수들이 약속이나 한 듯이 공간을 찾아 움직이네요."

"차비는 운동장에서 자신이 어떤 일을 해야 하는지, 어디에 서 있어야 하는지 정확하게 알고 있어요."

경기장을 빠져나가는 사람들 때문에 어수선했다. 남자가 거의 소리치듯 말한 이유다. 더는 대화할 수 없었다. 그는 가볍게 포옹한 뒤 경기장을 빠져나가는 사람들 사이로 사라졌다.

나의 쓸모

[재능은 충분하나, 안타깝게도 우리와 함께할 수 없을 것 같습니다.]

인생 첫 번째 탈락은 어느 잡지사에서 날아온 한 통의 문자였다. 이후 탈락하지 않기 위해 온갖 재능과 노력을 끌어모았다. 어느덧 재능을 어떻게 꽃피워야 하는지 좀 더 구체적으로 계획할 수 있게 되었고, 이력서에 적을 만한 내용이 생겼다. 면접관 앞에서 하고 싶은 말을 세 개의 주제로 구분해 말하는 요령도 배웠다. 기어코 한 잡지사에 취직했다. 그 무렵 친구가 두어 번 면접에서 떨어진 뒤 집에 찾아왔다. 나는 쓸모없는 인간인가 봐. 그에게 아무 말도 해줄 수 없었다.

우리는 네 캔에 만 원하는 편의점 맥주를 마셨다. 오징어집 과자를 가운데 두고 한동안 말없이 술만 들이켰다. 이윽고 그가 내게 축하한다고 했다. 진심이었다. 고맙다고 했다. 어떤 표정을 지어야 할지 알 수 없었다. 마음껏 기뻐해야 하나, 아니면 겸손한 얼굴을 하고 손사래를 쳐야 하나. 어중간한 표정을 지었던 거 같다. 이내 농담을 던지며 분위기를 바꾸려고 애썼다. 그날 이후 친구는 하는 일마다 실패했다. 몇 달 뒤 연락이 끊겼다.

이후 새로운 회사 면접을 봤다. 이력서가 빼곡했다. 면접관은 시종일관 웃었다. 면접실 문을 열고 나오자 뒤를 이어 다른 면접자가 같은 문을 열고 들어갔다. 자신 없어 보였다. 이번 채용에서는 에디터를 단 한 명만 뽑는다. 그와 나 둘 중 하나는 탈락하겠지. 이틀 뒤에 메일이 왔다. 합격이었다. 그 사람은 어떻게 되었을까? 오늘 밤 친구 집에 찾아가 맥주를 마실까? 친구와 인연을 이어갈 수 있을까?

탈락. 무언가 이루는 것보다 중요한 건 떨어지지 않는 일이었다. 언젠가 친구와 방에 누워 로또에 당첨되는 상상을 한 적이 있다. 친구는 내게 로또에 당첨되면 미니쿠퍼를 사주겠다고 했다. 나는 그에게 네 음악 프로듀서로 체인스모커스The Chainsmokers를 고용해주겠다고 너스레를 떨었다. 감각적으로 알 수 있었다. 많은 돈이든, 좋은 직업이든, 무엇이든 갖게 되어도 사랑하는 사람들과 함께하지 못한다면 불행할 거라고. 나의 꿈은 소박한 것이라 생각했다. 우리는 탈락만 하지 않으면 된다. 너와 나, 내가 사랑하는 모든 이가 탈락하지만 않으면 행복할 것이다. 다른 이와 함께 걷는 것이 꿈이었고, 그때는 그게 얼마나 커다란 야망인지 알지 못했다.

여행과 모험

"집에서 나오기로 했어. 갈 곳은 없어."

친구의 결심을 들었을 때, 나는 그에게 계획을 묻지 않았다. 대신 갈 곳이 생길 때까지 우리 집에 들어와 살라고 했다. 고등학교 때 같은 반이었던 S였다. 사실 학창 시절에는 그에게 그다지 큰 관심이 없었더랬다. 내가 기억하는 건 그가 영국 밴드 오아시스의 CD를 내게 빌려주었다는 것이었고, 그가 기억하는 건 내가 빌린 CD를 돌려주지 않았다는 거다. 2학년 때는 다른 반이 되었고 복도에서 마주치면 농담을 주고받는 수준의 친구였다.

내가 S를 다시 찾은 건 신학대학교를 그만두고자 마음먹었을 때였다. 집안에서 목사가 나온다는 사실을 자랑으로 여기던 어른들에게 차마 결심을 꺼내지 못하고 혼자 끙끙 앓던 차였다. 응원이 필요했고 문득 S가 떠올랐다. 그 역시 기독교 집안에서 자랐고, 근본적인 신앙에 관해 깊이 고민하고 있겠다 싶었다. 그때 나의 결심을 응원해줄 사람은 S가 유일하다고 생각했다.

다짜고짜 S에게 연락했다. 한번 만나자고. 그는 대전에서 대학을 다니고 있었다. 내친김에 대전에 있는 그의 자취방에 가기로 했다. 마침 군대에서 전역한 S가 대학 생활을 무료하게 느끼고 있는 듯했다. 실어증에 걸린 사람처럼 말없이 수업만 듣고 있다고 했다. 그길로 그가 자취하는 원룸으로 찾아갔고, 우리는 학교 앞 카페에 앉아 이런저런 이야기를 나누었다. 그 무렵 나는 세상을 전복해야 한다고 말하고 다녔다. 가방에는 마르크스의 「공산당 선언」이나, 크로포트킨의 「청년에게 고함」과 같은 책이 들어 있었다. 시위대 맨 앞에 서서 깃발을 흔드는 상상을 했으며, 영웅으로 세상에 등장하는 꿈을 꿨다. 더 나은 세상을 바란 건 아니었다. 오히려 어지러운 세상에서 돋보이는 사람이 되고 싶었다는 말이 더 어울릴 것이다. 그날 카페에서도 온갖 궤변을 늘어놓았다. 대화가 끝에 다다를 즈음 신학대학교를 그만두겠다는 결심을 꺼내놓았다. S는 고개를 끄덕였다. 그때 나의 결심을 들은 사람들은 대부분 걱정하거나 예언했다. 뭐 먹고살려고? 어차피 넌 신의 곁으로 돌아오게 되어 있어. S는 고개를 끄덕였고 별말 하지 않았다. 그만두겠다는 말을 곧이곧대로 받아들여 준 사람은 그가 유일했다.

　　몇 년 뒤 S가 서울에서 갈 곳이 없다고 했을 때, 우리 집에 들어와 살라고 했다. S가 싱어송라이터 생활을 적극적으로 하겠다는 결심을 꺼내놓았고, 나 역시 곧이곧대로 그의 말을 받아들였다. S에게 어떤 싱어송라이터가 되고 싶은지 묻는 대신, 갈 곳이 없으면 우리 집으로 들어오라고 말한 이유다. S와 처음 같이 살기 시작한 건 나의 결심을 곧이곧대로 받아준 순간(나는 그 순간을 빚이라고 생각했다)을 갚아준 것이 전부였다. 생각보다 함께 산 시간이 길어졌고 그사이 나는 더 많은 빚을 지게 되었다.

S의 재능은 재채기처럼 자연스러운 것이었다. 그 사실을 본인만 모르고 있는 듯했다. S는 매사에 불만이 많고 투덜거림이 심했다. 가끔 짜증이 날 정도였지만 그것이 그의 재능이라는 걸 알고 있었다. 방구석에서 투덜거리던 말들은 S의 작업실에서 음악이 됐다. 자존심 상하게도 나는 평소 짜증내던 그의 투덜거림이 음악이 될 때마다 묘하게 설득당하고 말았다. 그때 나는 잡지사 에디터로 일하고 있었다. S의 투덜거림은 좋은 재료였다. 그는 집요하리만치 작은 부분까지 찾아내 불만을 토로했고 제법 쓸 만한 말이 많이 튀어나왔다. 매일 투덜거릴 재료가 샘솟는다는 게 신기할 정도였다.

S가 올림픽 공원에서 버스킹 공연을 하던 날이 여전히 눈앞에 선연하다. S의 공연을 보러 간 건 오랜만의 일이었다. 사실 보러 갔다기보다는 차로 데려다주러 갔다는 말이

더 맞다. 마침 쉬는 날이었고, 날씨도 좋았다. 애인과 헤어진 지 얼마 되지 않아 주변 사람이 무엇보다 귀하게 느껴지던 때이기도 했다. 그 공연이 내 인생에 가장 중요한 순간이 될 거라고는 상상조차 할 수 없었다. S가 기타를 들고 무대에 올랐고 박수는 없었으며 사람들은 저마다 산책을 즐기느라 무대에 신경 쓸 겨를이 없어 보였다. 내가 기억하는 S의 마지막 버스킹 공연과 다를 바 없었으므로 새로운 것을 기대하지 않았다. 단지 나는 그의 음악을 듣는 일을 좋아했고 오랜만에 라이브 공연을 보는 게 즐거울 뿐이었다.

S가 무대에 올랐다. 옷도 마지막에 본 버스킹 무대에서 입었던 것과 거의 비슷했다. 기타 줄을 조율하며 아무도 없는 관객석을 향해 말했다. 저는 S라는 사람입니다. 이윽고 노래가 광장에 울렸고 그 순간 S가 무척 낯설게 느껴졌다. 무대 위에서 그는 완전히 다른 사람이 되어 있었다. 관객 없는 무대, 매일 보던 옷과 기타, 익숙한 인사말, 자주 듣던 노래. 모든 것이 그대로였고 달라진 건 S뿐이었다.

나는 S의 시야에서 보이지 않는 뒤쪽 벤치에 앉아 공연을 관람했다. 언젠가 그가 내게 한 말 때문이었다. 관객 없는 공연을 친구에게 보여주는 건 말이야, 마치 네가 회사에서 부장님한테 깨지는 장면을 들키는 것과 비슷한 기분일 거야. 그날 무대에서 S는 오아시스의 「Don't Look Back In Anger」를 불렀다. 몇몇 관객이 생겼고, 다음 순서로 자작곡을 부르자 사람들이 자리를 떠났다. S의 진짜 이야기가 텅 빈 의자 위를 훑고 지났다. 그때 나는 작가가 되어야겠다고 마음먹었다. 그는 마치 대나무를 베기 위해 수천 번 허공에 칼질하는 검투사 같았다. 허공을 가르는 이야기를 짓고 싶어졌다. 다른 사람이 좋아하는 이야기가 아닌, 나의 이야기를 꺼내놓아야겠다고 생각했다. 허공을 가르지 않고는 절대 아무것도 벨 수 없다는 당연한 진리를 깨달은 것이다. 그날 올림픽 공원에서 나는 어떻게 갚아야 할지 가늠할 수조차 없는 빚을 또 지고 말았다.

S 덕분에 몇몇 창작자 친구를 사귈 수 있었다. 싱어송라이터 Y와 H, 시인 J 등을 소개해주었다. 작가가 되기로 마음먹은 후로 열등감에 시달려야 했다. 창작자 친구들과 술자리를 하고 집에 돌아가는 길 위에서는 어깨에 당최 힘이 들어가지 않았다. S의 작업실에서 데모 버전 음악들을 들었을 때, Y와 H의 음원을 들었을 때, J의 첫 번째 시집을 읽었을 때, 몸이 구겨지는 기분이었다. 그들과 어깨를 나란

히 하는 일이 무척 힘겨운 싸움이 될 거라는 생각이 들었다. 친구 사이에서 탈락하지 않기 위해 괜찮은 글을 써내야 했다. 어떤 친구는 몇 번의 실패 끝에 사라져버렸고, 나 역시 시간이 지나면 친구들의 시야에서 벗어날 거라는 두려움이 원고지 앞으로 나를 이끌었다.

글을 쓰기 위해 여행이 필요했다. 내게 불만이라는 재능은 없었다. 그럴듯한 소재가 필요했다. 누군가는 무엇이 되지 않아도 괜찮다고 말하지만, 나는 그 말을 믿지 않는다. 좋은 친구를 잃지 않기 위해 무언가 되어야 한다. 가족은 운명으로 엮인 관계라 말하지만, 아무것도 되지 못한 아들은 핏줄로 만든 울타리에 금을 내는 존재일 뿐이다. 사랑하는 사람들 곁에 서기 위해서 나름의 노력이 필요하다. 무엇도 아닌 채 태어나 무엇이 되어야만 살아갈 수 있는 구조가 가끔은 벅차다. 반대로 무엇도 되지 않은 채 덩그러니 방에 앉아 있는 순간도 견디기 어렵다. 이것은 꽤 벅찬 삶의 원리라고 생각했다.

다시 배낭을 쌌다. 무언가 되어야 한다는 강박감이 나를 도시 밖으로 밀어내고 있었다. 나에게 여행은 쉼이나, 치유가 아니다. 꾸역꾸역 여행지에 관한 책을 읽고 영화를 본다. 바닥에 눌어붙은 몸을 겨우 일으켜 산책도 한다. 작은 꽃 앞에서 하지 않아도 될 사색을 하고, 거대한 나무에 기대앉은 별것 아닌 시간에 억지스러운 의미를 끼워 맞춘다. 문득 괜찮은 문장이 떠오르면 메모장에 적어두기도 하는데, 시간이 지나면 버려질 말들이 태반이다. 백 개 가운데 한 개는 건지겠지 하는 마음이기에 마치 복권을 긁는 기분이다. 여행하고 글을 쓰는 일은 도박 같았다. 판돈은 삶이었다. 잃을 것이 있다는 것, 감수해야 할 위험이 있다는 것, 비로소 여행은 모험이 되었다.

　이 모험은 기필코 성공해야 한다. 사라지지 않기 위해서.

여행의 이유

바르셀로나 캄프 누 경기장에서 나와 숙소 방향으로 걸었다. 작은 가게들 앞을 지났다. 소시지를 팔고, 티셔츠를 팔고, 액세서리를 팔고 있었다. 여태 일하고 있는 사람이 많았다. 조명 없는 작은 골목에서 열심히 사는 사람들. 졸린 눈을 비비며 앉아 있는 옷 가게 직원과 손을 바쁘게 움직이는 샌드위치 요리사를 보았다. 빛나지 않는다고 노력하지 않는 건 아니다. 누군가와 함께 걷는다는 건 어쩌면 자기 자리에서 열심히 산다는 말일지도 모르겠다. 차비가 없으면 메시도 없다. 소시지와 티셔츠와 샌드위치가 없다면 바르셀로나도 없겠지.

차가 한 대 지나갔다. 레오 메시! 레오 메시! 차에 탄 이들이 선창하자 길 위의 사람들도 함께 소리 질렀다. 샌드위치를 만들던 남자도 응원 행렬에 참여했다. 경기장에서 열린 종교집회가 거리로 옮겨왔다. 레오 메시! 레오 메시! 영웅을 찬양하는 함성이 골목마다 울렸다. 차비의 이름은 호명되지 않았다. 아마 자신의 집에서 조용히 이름 불리고 있을 것이다. 차비가 없으면 메시도 없다는 말로 이야기는 시작될 것이다. 맥주에 잔을 채우고 승리를 만끽하며 밤새 차비를 호명할 테다.

남자의 마지막 말이 오래 귓가에 머물렀다. 차비는 운동장 위에서 어떤 일을 해야 하는지, 어디에 서 있어야 하는지 알고 있다는 말. 한국에 돌아와 차비의 영상을 볼 때마다 남자의 말이 떠올랐다. 몇 년이 흐른 뒤 영상을 보며 무언가 놓치고 있다는 생각이 들었다. 누군가의 시야 밖으로 사라지고 싶지 않아 여행하고 글 쓴다는 말에 중요한 결함이 있었다. 제법 괜찮은 변명일 수는 있지만 인생 전체를 두고 가져갈 만한 캐치프레이즈는 아닌 것이다. 무엇보다 중요한 건 아직 나는 내가 누구인지, 어디에 서 있는지 모른다는 사실이었다. 복기해보면 모든 선택을 다른 사람 탓으로 돌리고 있었다. 사랑받고 싶었다는 말은 괜찮은 핑계였다. 언젠가 실패를 겪더라도 진심은 아니었다고, 단지 사랑받고 싶어 한 일일 뿐이었다고 말하면 그만이었다.

차비가 차분하게 공을 돌리는 영상을 보며 내게 물었다. 나는 어디에 서 있는 사람인 걸까? 삶의 바깥에서만 볼 수 있는 장면이 분명 있을 거라고 생각했다. 여행은 나를 일상으로부터 분리해줄 것이고, 비로소 한 걸음 뒤에서 나를 관찰할 수 있게 될 것이다.

그 뒤로 여행을 몇 번 더 했지만 질문은 여전히 남았다. 나는 대체 누구일까? 이 여행이 끝나면 정답을 찾을 수 있을까? 종착지에 원하는 모양이 아닌 내가 서 있을지도 모른다. 여행의 미묘한 매력도 거기에 있다고 느낀다. 기대하지 못한 것들을 마주하는 일. 위기의 순간에 기댈 수 있는 사람이 곁에 없다는 사실이 주는 긴박함. 벼랑 끝에 몰려야만 드러나는 가장 나다운 행동들. 어쩌면 나는 나를 관찰하기 위해 배낭을 다시 싸고 있는지도 모르겠다.

2부

아주
사적인
관찰

•

밤과 낮의
바다

니스

제일 맛있는 술

이탈리아로 가면 밥값이 싸요.

　프랑스 남부 도시 니스에서 들은 말이다. 니스로 말할 것 같으면 부자들이 몰려오는 대표적인 휴양지다. 니스 옆에 모나코 왕국이 있기 때문일 것이다. 모나코 왕국은 카지노가 국가사업이다. 대표적인 면세 국가이기도 하다. 전 세계 부자들이 모나코 왕국에 페이퍼 컴퍼니를 차리는 방식으로 탈세한다. 바다에는 사람보다 고급 요트가 더 많다고 들었다. 니스도 크게 다르지 않았다. 오래된 도로를 그대로 두어 길이 울퉁불퉁했는데, 그 위로 람보르기니가 지나다니는 일이 다반사였다.

　밤마다 바다 근처 술집을 찾았다. 니스에서는 나도 부자가 되어보고 싶었으므로 무리해서라도 메인 요리를 시키곤 했다. 밤에는 파도 소리만 들렸고, 고풍스러운 가로등이 빛났다. 간간이 들리는 묵직한 스포츠카 엔진 소리가 유일한 소음이었다. 고급스러운 유니폼을 입은 종업원이 돌아다니며 빈 잔에 물을 채웠다. 종업원을 부를 때는 천천히 손을 들었다. 주문할 때는 목을 눌러 최대한 멋있는 억양을 흉내 냈다. 턱은 사십오 도 각도로 들었고, 허리를 곧추세웠으며, 어깨를 적당히 벌리고 앉았다. 고기는 최대한 작게 썰었다. 그때 나이프가 접시 바닥을 긁는 소리가 나지 않도록 조심했다. 불편했다. 부자의 태도는 불편한 것이리라.

여느 때처럼 불편한 자세로 술을 마시던 밤이었다. 귀엽게 생긴 스포츠카에서 남자가 내렸다. 이 인용 일제 스포츠카였는데 모델이 무엇인지 알 길이 없었다. 후줄근한 티셔츠에 샌들을 신고 있었다. 그는 터벅터벅 술집으로 들어와 옆자리에 앉았다. 머리가 벗겨져 머리카락을 다 밀어버린 것 같았다. 머리카락이 나 있던 자리에는 거뭇거뭇 흔적이 남는데, 그 남자의 머리 중앙에는 어떤 흔적도 남아 있지 않았다. 러시아인이었고, 푸근한 스타일이었다(격투기 선수 표도르 예밀리야넨코가 연상되었다). 그의 첫 잔은 보드카였다.

보드카 한 잔을 금세 비우더니 두 잔을 더 시켰다. 이윽고 내게 한 잔을 내밀었다. 대화하고 싶은 모양이다. 처음 만난 사람끼리 할 만한 대화가 무엇이 있겠는가. 국적은 어딘지, 왜 여기에 왔는지 따위의 질문을 받을 거라고 짐작했다. 잔을 받으면 질문 세례가 쏟아질 것이다. 그렇다고 거절할 일은 아니지 않은가. 보드카를 받아 한 모금 마셨다. 그는 아무 말도 하지 않았다. 잔이 비면 또 보드카를 주문했다. 그때마다 내 것까지 시켰다.

"대체 왜 술을 사주는 거죠?"

"맛있는 건 나눠 먹어야 좋지 않아요?"

"보드카가 정말 맛있다고 생각해요? 난 사실 잘 모르겠어요."

"그럼 어떤 술이 맛있다고 생각해요?"

"술에 관해 아는 게 별로 없어요. 그냥 기분으로 마시는 거죠."

"술은 지금 마시는 술이 제일 맛있는 술이에요."

니스의 밤과 아침

보드카를 몇 잔이나 더 마셨을까. 네 잔까지는 세었던 거

같다. 정신이 아득해질 즈음에 술집을 나왔다. 그가 숙소에
데려다주겠다고 했지만 거절했다. 바다를 왼쪽에 두고 걸
었다. 고풍스러운 가로등이 길을 안내했다. 숙소로 돌아가
는 길에 두 명의 여자가 말을 걸었다. 나를 따라 걸으며 기
계처럼 같은 말을 반복했다. 노 땡큐. 이 말을 하자마자 돌
아서 가버렸다.

　니스에서는 부자의 태도를 따라 해보고 싶었다. 술을
사줬던 남자의 걸음걸이를 떠올렸다. 숙소로 돌아가는 내
내 걸음걸이를 바꿨다. 기억과 땅을 수차례 더듬거리며 걸
었고 이내 숙소에 도착했다. 방문을 열고 들어서자 졸음이
밀려왔다. 니스에서 나의 구역이라고 할 만한 공간은 숙소
침대 한 칸이었고, 다행히 정확한 장소에서 정신을 잃었다.
별안간 아침이 왔다.

　알람 소리에 눈을 떴다. 조식 시간이 끝나가고 있었다.
곧장 게스트하우스 라운지로 내려갔다. 스크램블 에그 접
시가 비어 있었다. 슬라이스 햄도 두 장밖에 남지 않았다.
위층에서 누군가 라운지로 내려오는 소리가 났다. 얼른 햄
두 장을 집어 바게트 사이에 끼워 넣었다. 우유 한 컵을 들
고 잼을 챙겨 자리에 앉았다. 뒤늦게 내려온 사람이 과일

몇 조각을 그릇에 담고는 자연스레 앞에 앉았다. 나와 같은 방 같은 침대 이 층을 사용하는 사람이었다.

이탈리아 시칠리아섬에서 온 여성이었다. 그는 채식주의자다. 이틀 전에도 함께 아침을 먹었다. 혼성 도미토리룸이었는데, 그는 종종 문을 살짝 열어두고 샤워했다. 커다란 타월로 대충 몸을 감싸고 나와 속옷 차림으로 방을 돌아다닌 일도 있었다. 니스의 해변에서 수영복 상의를 벗고 가슴을 하늘로 향한 채 선탠을 즐기는 사람들을 쉽게 볼 수 있었다. 그런 비슷한 것이겠구나. 뭐 본인이 신경 쓰지 않는다면 상관없다고 생각할 수 있지. 대수롭지 않게 넘기는 척했다.

마피아와 샌드위치

아침에 시작한 대화가 밤까지 이어졌다. 두 사람 모두 지난밤에 술을 많이 마셨고, 밖에 나갈 생각이 없었다. 방에 돌아와 침대에 앉았다. 마침 일주일 뒤에 이탈리아에 갈 생각이었다. 그에게 이탈리아에 관해 이것저것 물을 게 많았다.

처음에는 이탈리아인이 진짜로 자주 먹는 음식은 무엇인지, 피자에 어느 정도 자긍심을 가지고 있는지 따위를 물었다. 대화가 길어지자 그가 개인적인 이야기를 늘어놓았다. 누구에게라도 말하고 싶었던 모양이었고, 기분 좋은 내용은 아니었다.

그는 애인과 헤어진 지 얼마 되지 않았다. 슬퍼 보이지는 않았다. 그보다는 화가 가라앉지 않은 것 같은 표정이었다. 요약하자면, 애인이 바람피우는 장면을 목격했는데, 상대방이 친한 친구였다는 이야기다. 장르는 기어코 누아르가 되었다. 그의 사촌오빠는 마피아다. 바람피운 애인을 찾아가 죽이겠다고 으름장을 놓았다고 했다. 급기야는 진짜 큰일이 날 것 같아 말리느라 애를 썼단다. 자기가 시칠리아를 떠나야 이 사단이 끝날 거라고 생각했다고 했다. 그 길로 프랑스에 오게 된 것이다.

"오빠는 거짓말을 하지 않아요."

"그 남자는 어떻게 되었을까요."

"나야 모르죠."

더는 궁금하면 안 될 것이다. 어떤 결말이더라도 이 사람은 행복하지 않다. 잘못되었거나, 아무 일도 벌어지지 않앉거나, 분노만 쌓일 뿐이다. 저녁을 먹기로 했다. 며칠 동안 고급스러운 저녁 식사를 즐기느라 남은 돈이 거의 없었다. 니스에서 먹는 밥은 둘 중 하나였다. 서브웨이에서 인스턴트 샌드위치를 먹거나, 샐러드 한 접시에 2만 원씩 하는 레스토랑에 가거나. 다른 도시에 갈 때까지 서브웨이 샌드위치로 연명할 생각이었다.

"니스에서는 부자처럼 살고 싶었어요. 그들의 삶이 궁금했거든요. 저녁마다 비싼 스테이크를 사 먹었죠. 이제는 돈이 얼마 남지 않았어요. 서브웨이 샌드위치 어때요?"

"좋죠. 여행이잖아요. 무엇을 먹는지는 중요하지 않아요. 어디에서 먹는가가 더 중요한 일이죠. 바다 앞 벤치에서 샌드위치 먹는 게 가장 여행다운 식사일 거예요."

우리는 샌드위치를 들고 해변 벤치에 앉았다. 어두운 바다 앞에는 아무도 없었다. 한낮에 바다를 가까이하던 사람들은 밤이 되면 길 건너 레스토랑 불빛 아래로 들어갔다. 빛이 비치는 곳에만 사람이 있었다. 요란한 엔진 소리 때문에 스포츠카가 지나갈 때면 고개를 뒤로 돌렸다. 람보르기니가 지나갔다. 그 뒤를 포르쉐가 따랐다. 지난밤에 만난 두 여자가 가로등 아래 서 있었다. 길 건너 레스토랑에는 고기를 작게 썰어 먹는 사람들이 느긋한 식사를 즐겼다. 샌드위치 한 입을 크게 베어 물었다. 입 안에 빵과 채소가 들어찼다. 그는 샌드위치를 다 먹고 남은 채소를 종이에 묻은 소스에 찍어 먹었다. 나도 그렇게 했다. 입가에 남은 소스는 혀로 핥아 먹었다.

자갈로 이루어진 해변, 부딪치는 파도, 위에서부터 짙어지는 하늘, 소리가 나지 않는 고기 접시, 묵직한 억양으로 말하는 사람들, 가로등 아래 여자, 슈퍼카의 엔진 소리, 욱여넣은 샌드위치, 그의 턱에 묻은 소스, 아무도 없는 바다, 반쯤 태운 담배. 지극히 여행다운 것들로 이루어진 밤, 저녁 식사가 끝났다.

그가 말했다.

"이탈리아는 이곳보다 밥값이 싸요."

●

여름과
겨울의 일

파리 몽마르트르

여름의 몽마르트르

사랑은 여러 가지 얼굴을 하고 있다. 아름답기도 하고, 두렵기도 하며, 때로는 치명적이다. 세상에 존재하는 숱한 사랑의 모양을 함부로 정의할 수 없는 이유다. 누군가 무엇이 사랑이냐고 묻는다면 입을 다물어버리는 게 마음 편하다. 어떤 모양의 사랑이든 쉽게 부정할 수도, 긍정할 수도 없다. 파리에는 다섯 번 방문했다. 네 번째 갈 때까지는 매번 몽마르트르의 카페에 머물렀다. 몇 년 전 잠시 스쳐 간 사람과의 대화가 나를 매번 이곳으로 안내했다.

두 번째 파리에 갔을 때의 이야기다. 이 도시에 남다른 애착이 있는 건 아니다. 단지 파리에서 유럽 곳곳으로 가는 국내선을 갈아탈 수 있기 때문이었다. 그때 나는 삼 일 뒤 프라하에 갈 생각이었다. 파리에 머무는 동안 몽마르트르에서 시간을 보낼 작정이었다. 바람이 적당히 불어 노상 카페에 앉아 있기 좋았다. 에스프레소 한 잔을 시켜놓고 차가운 물과 얼음을 따로 시켰다. 파리에서 아이스 아메리카노를 달라고 주문하면 무지몽매한 사람 취급받는다. 직원에게 아이스 아메리카노를 주문하면 무슨 말인지 모르겠다는 표정을 짓곤 했다. 차가운 커피를 먹고 싶다고 말하면 그제야 알아들었다는 듯이 얼음 컵과 차가운 물을 가져다주었다.

해가 뜨겁게 내리쬐는 날이었다. 여느 때처럼 얼음물과 에스프레소를 섞은 커피를 들이켰다. 숨이 다 트였다. 눈이 맑아지고 세상이 또렷하게 보였다. 카페 배경음악은 연주곡이었다. 에릭 사티Eric Satie의 「Je Te Vuex(나는 너를 원해)」가 들렸다. 유일하게 아는 곡이었다. 옆 테이블에 남자와 여자가 앉아 있었다. 남자가 끊임없이 말을 했고, 여자는 듣고 있었다. 여자는 남자의 말이 따분한지 담배를 여러 대 피웠다. 세 번 여자와 눈이 마주쳤다. 네 번째 눈을 마주쳤을 때 미소를 주고받았다. 여자가 내게 손짓했고, 우리는 한 테이블에 앉았다.

남자는 잉글랜드 옥스퍼드에서 왔다. 남자에게 어디서 왔느냐고 물었을 때 옥스퍼드라고 답했다. 여자는 아르헨티나 부에노스아이레스에서 왔다. 여자에게 어디서 왔느냐고 물었을 때 아르헨티나라고 답했다. 두 사람은 게스트하우스에서 같은 방을 쓰며 만났다. 지난밤에 다른 친구들과 술을 함께 마셨고, 오늘은 남자가 데이트 신청을 한 모양이었다. 안타깝게도 여자는 남자가 썩 마음에 들지 않는 눈치였다. 여자가 잠깐 화장실에 간 사이 남자가 말을 걸었다.

"저 여자가 마음에 들어요."

"웃는 얼굴이 참 매력적인 사람이네요."

"어젯밤에는 자주 웃었는데, 오늘은 도대체 웃지 않아요. 이유를 모르겠어요."

"웃긴 이야기를 해보세요."

"얼마나 많은 이야기를 풀어놓았는지 몰라요. 그런데 당신이 오니까 웃어요."

"아마 내가 말을 많이 안 하기 때문일 거예요."

"거참 이해하기 어렵네요. 나는 마음을 사려고 별별 이야기를 다 꺼내놓았는데 말이죠."

남자의 말이 끝나기 무섭게 여자가 돌아왔다. 두 사람은 테이블 위에서 담배를 말았다. 하얀 종이에 담뱃잎을 적당히 덜어놓았다. 종이의 가로면 끄트머리에 필터를 올리고 세로면 가장자리에 침을 발라 말았다. 이윽고 불을 붙였다. 연기를 몇 번 뱉은 여자가 입을 열었다. 남자는 입을 굳게 다물고 여자를 뚫어져라 쳐다봤다. 여자는 파리를 사랑하는 이유에 관해 늘어놓았다. 매년 파리로 휴가를 온다고 했다. 루브르 박물관에 들렀다가 몽마르트르의 카페에 오는 게 나름의 루틴이었다. 그러고는 커밍아웃했다. 레즈비언이라고. 여자가 담배를 한 대 더 피웠다. 우리는 저녁 식사를 하기로 했다. 남자는 약속이 있다며 먼저 일어났다.

"혼자 여행하러 온 사람이 무슨 약속이 있는 걸까요?"

"사실 저는 레즈비언이 아니에요."

"왜 레즈비언이라고 한 거죠?"

"완전히 거짓말은 아니에요. 저의 성적 지향은 양성애죠."

"그런데 왜 레즈비언이라고 한 거죠?"

"남자가 마음에 들지 않아서요."

여자가 담배를 입에 물었다.

"옥스퍼드 그 남자 나름대로 노력 많이 하던데요."

"며칠 뒤에 아르헨티나로 돌아가요. 여행지에서 사랑은 허무맹랑한 일이에요."

사랑의 벽

우리는 몽마르트르의 한 식당으로 향했다. 가벼운 샐러드 두 접시를 시켰다. 낮에 앉았던 카페에서 흘러나온 연주곡에 관해 이야기를 나누었다. 음악이 어쨌느니 하는 대화는 아니었다. 저녁상 앞에 차려진 주제는 사랑이었다. 여자는 낭만적인 사랑을 믿지 않았다. 사랑에 관한 이야기가 나오자 그의 눈빛이 날카롭게 변했다.

"사랑에는 지배자와 종속자가 있을 뿐이에요. 서로 역할을 바꿔가면서 말이에요."

나는 여자에게 수잔 발라동Suzanne Valadon의 이야기를 들려주기로 했다. 고대 그리스로마 신화에 예술적 영감과 재능을 불어넣는 여신이 있었어요. 그의 이름은 뮤즈였죠. 이렇게 이야기를 시작했다.

몽마르트르 언덕 중턱에 분홍빛의 오래된 카페가 하나 있다. 카페 라 메종 로즈La Maison Rose. 장미의 집이라는 이름을 가진 아기자기한 카페다. 이 카페 건물에서 한 여성과 몇 명의 예술가가 동거했다. 때는 1800년대 후반이다. 파리에서 예술가와 여성의 동거는 그다지 큰 이슈가 아니었다. 파리의 화가들은 자신의 뮤즈가 되는 여성과 동거하며 그림을 그리곤 했다. 라 메종 로즈 카페에서의 동거가 특별한 이유는 한 여성이 두 명의 예술가에게 동시에 뮤즈가 되며 벌어진 일 때문이다.

수잔은 세탁일을 하는 어머니에게서 태어났다. 그는 아버지가 누군지 몰랐다. 어린 시절 서커스단에서 곡예를 했는데, 뜻하지 않은 부상으로 서커스를 못 하게 되자 몇몇 화가의 모델로 생계를 이었다. 수잔을 모델 삼아 그림을 그리는 화가의 부인들은 그를 무척 싫어했다고 한다. 수잔에게서 풍겨 나오는 묘한 매력 때문이었을까. 특히 화가 르누아르Renoir의 부인이 수잔을 극도로 싫어한 것으로 유명하다. 르누아르를 시작으로 수잔은 많은 화가와 동거하며 일명 뮤즈가 됐다.

몽마르트르에서 가장 인기 있는 사교장은 물랑루즈다. 당시 파리에서 잘나간다 하는 사람치고 물랑루즈에서 저녁을 보내지 않는 사람은 드물었다. 화가 툴루즈 로트레크Toulouse Lautrec도 그 가운데 하나였다. 로트레크는 사교장 구석 자리에 앉았다. 어린 시절 사고로 성장판을 다쳐 키가 150센티미터 남짓한 사람이었다. 작은 체구는 로트레크의 콤플렉스였다. 사교장 중앙으로 나가지 못한 이유도 다르지 않을 것이다. 로트레크는 사랑을 꿈꾸지 않았다.

그림 실력만큼은 누구에게도 뒤지지 않았다. 우리가 알고 있는 물랑루즈 포스터는 거의 다 로트레크의 작품이다. 로트레크의 진가를 알아본 한 사람이 있었다. 수잔이었다. 그는 열등감을 누구보다 잘 이해하는 사람이었다. 두 사람의 결핍은 묘하게 닮아 있었다. 사랑은 사교장 구석에 앉은 로트레크에게는 구원이었다. 수잔과 로트레크는 함께 살기로 한다.

수잔이 로트레크와 동거한다는 소문이 몽마르트르의 예술가 사이에 퍼졌다. 이 소식을 듣고 절망한 예술가가 있었다. 음악가 에릭 사티였다. 여기서부터 카페에서 들었던 음악이 등장한다. 사티는 수잔을 사랑하고 있었다. 그는 선택의 갈림길에 들어섰다. 그만둘 것인가, 기다릴 것인가. 사티의 선택은 후자였다. 매일 저녁 몽마르트르의 노상 카페에서 피아노를 연주했다. 사티가 오직 수잔을 위해 작곡한 곡 「Je Te Vuex」가 거리에 울렸다. 서정적이고 차분한 멜로디는 슬프고 용감했다.

두 사람의 사랑은 불안정했다. 결핍과 결핍이 만나 괴상망측한 사랑의 모양을 만들었다. 로트레크는 여성에 관해 막연한 편견을 가지고 있었다. 그의 그림을 자세히 보면 여성들의 얼굴은 하나같이 악마와 같은 눈을 하고 있다. 사랑하는 사람에게 거절당하는 것이 무서워 여성을 모두 적으로 만든 건 아니었을까. 로트레크는 사랑에 빠지지 않는 것으로 자신을 지키고 있었던 듯하다. 수잔이 그에게 수차례 청혼했지만 받아들이지 않았다. 로트레크의 거절은 수잔의 결핍을 괴이한 행동으로 바꾼다. 수잔은 몇 번이고 청혼했고, 거절당할 때마다 자살 시도를 했다. 사랑과 죽음의 경계에 선 두 사람은 결국 헤어지기로 한다.

"그래서 그다음은요? 로트레크와 헤어진 수잔은 어떻게 되었어요?"

"수잔이 사티와 함께 살기로 했대요."

"오, 그들은 오래 행복했나요?"

"반년 만에 헤어졌다고 해요."

"사랑이 아니라 복수에 가까운 것이겠어요."

"그럴 수도 있겠네요. 몽마르트르에 더는 피아노 연주가 울려 퍼지지 않았을 거예요."

"그럼 수잔은 어떻게 되었죠?"

"화가가 되었어요."

수잔은 사티와 헤어진 뒤 화가가 되었다. 프랑스 국립 예술원에 화가로서 이름을 올린 최초의 여성이었다. 나는 이 장황한 이야기를 샐러드 접시도 다 비우기 전에 해버린 것이다. 숨이 죽은 샐러드를 먹었다. 메인 요리를 시키는 대신 와인을 한 잔 마셨다. 얼굴이 붉게 달아올랐다.

사랑을 하겠어요? 아니면 이름을 남기는 사람이 되겠어요? 수잔은 성공한 사람인가요? 결핍은 사랑을 연결하기도 하고 절단하기도 할까요? 당신의 결핍은 무엇이죠? 성공한 사랑이 세상에 존재하긴 하나요? 사랑은 낭만인가요? 사랑은 현실인가요? 옥스퍼드 그 남자는 당신을 정말 사랑한 걸까요? 테이블 위로 정답 없는 질문이 켜켜이 쌓였다. 질문으로만 이루어진 대화는 두 시간이 넘도록 이어졌다. 밤이 깊어지고 식당 문을 닫을 시간이 되어서야 질문을 멈췄다.

우리는 식당에서 나와 골목을 따라 걸었다. 파란 벽에 빼곡하게 적힌 글씨가 보였다. 사랑의 벽이라고 불리는 곳이었다. 511개의 타일에 280개의 언어로 같은 문장이 적혀 있었다.

나는 당신을 사랑합니다.

마지막 몽마르트르

"이게 정답이겠어요."

"어떤 거죠?"

"나는 당신을 사랑합니다. 사랑은 어차피 이 문장 하나로 얼버무릴 수밖에 없으니까요."

여자가 담뱃불을 붙이며 말했다.

연기가 피어올랐다. 두툼한 입술로 담배를 물고 있었다. 까무잡잡한 피부가 눈에 들어왔다. 담배를 많이 태웠지만 곁에 서면 좋은 향수 냄새가 났다. 골목 끝 갈림길에 섰다. 그는 핸드폰으로 시간을 확인했다. 화면 너머로 시계가 보였다. 밤 열 시 오십 분. 우리는 열한 시에 헤어지기로 약속했다. 돌아서면 다시 못 만난다는 걸 알고 있었다. 열한 시 오 분, 열한 시 십 분. 우리는 열한 시 삼십 분에 헤어지기로 다시 약속했다. 그사이 아무도 연락처를 묻지 않았다. 열한 시 삼십 분. 가벼운 포옹, 프랑스식 입맞춤, 따뜻한 악수. 그게 전부였다.

여자의 이름은 R. 부에노스아이레스에서 왔다. 내년 이맘때쯤 몽마르트르의 카페에 온다면 또 만날 수 있을까. 우리는 서로 알아볼 수 있을까. 다음 해 여름 나는 취직을 했고 파리에 가지 않았다. 그다음 해에도, 그다음 해에도. R의 얼굴이 정확히 기억나지 않는다. 그날의 일기장에는 식탁 위에 어질러놓은 질문만 빼곡하게 적혀 있었다.

오 년 뒤, 네 번째 파리에 온 날. 겨울이었다. 몽마르트르의 그 카페로 갔다. R은 여름에 파리에 올 것이고, 나는 겨울에 R을 기다렸다. 목도리로 얼굴을 반쯤 가린 사람들이 지나다녔다. 문밖에서 담배 냄새가 솔솔 들어올 때마다 유리문을 쳐다봤다. 아무도 눈을 맞추지 않았다. 에스프레소와 얼음 컵, 차가운 물을 주문했다. 시원한 커피를 벌컥 들이켰다. 한 시간 뒤 그것들을 다시 주문했다. 다 마시면 자리에서 일어날 생각이었다. 반쯤 들이킨 뒤 얇은 소설책을 폈다. 프랑수아즈 사강의 「브람스를 좋아하세요?」. 마지막 장이 끝났다. 얼음이 녹아내린 컵에는 갈색 물이 조금

차 있었다. 남은 건 남은 대로 두기로 했다. 카페 문을 열었다. 차가운 바람이 얼굴을 스쳤다. 빠른 걸음으로 골목을 걸었다.

지독하게 아름다운
파라다이스

플라야 델 카르멘

38번가 아파트

플라야 델 카르멘 38번가 아파트에는 아이들 웃는 소리가 끊이지 않았다. 아파트 공동 마당을 햇빛이 핀 조명처럼 비추고 있었다. 무대 위 아이들이 천진하게 뛰어놀고 할머니가 벤치에 앉아 담배를 피웠다. 옆옆 집에 사는 삼촌, 이모가 지나갈 때마다 아이들에게 사탕을 주었다. 행복해 보이는 일상이었다. 역겨운 냄새가 올라오는 하수구, 종일 학교에 가지 않고 방치된 아이들, 주말이면 비디오 게임을 붙잡고 방에서 나오지 않는 부모, 대마초 냄새가 새어 나오는 삼촌의 집 따위의 것들을 등 뒤에 감출 수 있다면 말이다.

38번가 아파트는 플라야 델 카르멘에서 월세가 가장 싼 아파트 가운데 하나다. 내가 여기에 오게 된 건 멕시코 친구이자 화가인 P 덕분이었다. 처음 멕시코를 여행하겠다고 말했을 때, P는 흔쾌히 작업실 한쪽을 내어주겠다고 했다. 작은 철문을 열고 들어서면 공동 마당이 있었고, P의 작업실은 아파트 일 층 왼쪽에서 세 번째 문이었다. 넉넉잡아 다섯 평 남짓한 방이었다. 가구라고 할 만한 것은 침대와 일 인용 책상이 전부였다. 방구석에는 작은 싱크대가 있었고, 냉동고가 없는 단층 냉장고가 무릎 아래에 있었다. 냉장고에는 맥주 두어 병과 라임 대여섯 알이 들어 있었다. 그것 말고는 딱히 먹을 수 있는 음식은 없었다. 한쪽 벽면에는 작업 중인 커다란 그림이 벽에 기대어 서 있었다. 코끼리 그림이었는데, 몸통은 아직 없었고 코와 얼굴만 어느 정도 윤곽이 드러나 있었다. P가 의뢰받은 그림이었다. 그는 코끼리 그림을 그릴 때마다 귀찮은 일이라는 말을 자주 했다. 그러면서도 코끼리가 완성되면 한 달은 돈 걱정 없이 살 수 있을 거라며 너스레를 떨었다.

마당 방향으로 큰 창이 나 있었다. 이 집에서 프라이버시라는 말은 사치였다. 창문 바로 아래 침대가 있었는데, 커튼이 없었다면 자고 일어나는 모습이 마당 사람들에게 훤히 보였을 것이다. 방음은 되지 않았다. 옆집 사람들이 대화하는 소리가 고스란히 들렸다. 내가 스페인어를 알아들을 수 있었다면 더 많은 이야기를 엿들었을 테다. 밤마다 침대에 누워 알아들을 수 없는 대화 소리를 들었다. 나에게는 새 지저귀는 소리와 다를 바 없었다.

그 무렵 나는 무기력한 시간을 보내고 있었다. 이곳에 오기 직전에 다니던 회사가 문을 닫았다. 오래 만난 연인과도 헤어졌다. 이십 대 후반, 나를 이루고 있던 가장 커다란 두 개의 세계가 한순간에 사라졌다. 아무것도 아닌 사람이 되어 있었다. 일과 가운데 생산적인 일이라고는 고용노동부에서 지급하는 실업급여를 받기 위해 영상 수업을 듣는 게 전부였다. 다시 일할 의지가 없었지만 있는 척했다. 재취업 증빙자료를 내야 했기 때문이다. 이메일로 이력서를 보내고 사진을 찍어 노동부 담당자에게 보냈다. 몇몇 회사에 이력서를 보냈지만 답장을 원하지는 않았다. 탈락이라는 답신도 받기 싫었지만, 합격하는 게 더 큰 문제라고 생각했다. 당분간은 아무것도 아닌 사람으로 남고 싶었다. 부정적인 뉘앙스로 들릴지 모르겠지만, 사실 나는 그 시간을 꽤 좋아했다. 무엇도 아닌 사람이 아침이면 눈을 뜨고, 배가 고프고, 가끔은 산책하고 싶다는 사실이 흥미로웠다. 눈이 떠지면 눈을 떴고, 배가 고프면 밥을 먹었다. 지루한 시간에 산책하러 나갔다. 사람도 만나지 않았다. 종일 혼자 방에 누워 있었다. 멕시코 여행도 산책과 다르지 않았다.

아무것도 없는 날이 이어졌고, 지루할 즈음에 다른 장소에 가고 싶었을 뿐이었다.

38번가 아파트에서 지내며 종일 침대에 누워 있는 날이 많았다. 배가 고프면 집 앞 식당에서 오믈렛을 사 먹었다. 메뉴 고르는 일도 귀찮았기 때문에 매일 같은 오믈렛을 시켰다. 유일한 규칙은 옥소0xxo(편의점)에서 뜨거운 커피를 마시는 일이었다. 뜨거운 커피를 손에 쥐고 걸었다. 눅진한 더위가 몸에 내려앉았다. 커피를 든 손에서 다한증에 걸린 사람처럼 땀이 뚝뚝 떨어졌다. 편의점을 나설 때마다 오늘도 이 미련한 짓을 또 하고 있다고 생각했다.

사람 냄새

폭우가 쏟아지는 날이었다. 습기가 몸에 내려앉아 나를 침대 깊숙한 곳으로 끌어당겼다. 아이들이 뛰어노는 소리가 들리지 않아 오랜만에 늦잠을 잘 수 있었다. 마당에 사람이 없는 것 말고는 평소와 다르지 않았다. 비 오는 날에는 커튼을 활짝 열 수 있었다. 비가 그치면 다시 아이들이 마당에 나왔다. 옆집 문 열리는 소리가 나면 커튼을 쳤다. 마당에 아이들이 뛰어나오는 소리가 들리면 이어폰을 귀에 꽂았다. 누군가는 천진한 아이들 웃음소리가 좋다고 말하지만, 매일 들으면 소음이다. 꺅꺅거리는 소리가 귀를 찌르는 듯했다. 한 아이는 낯선 동양인이 궁금했는지 종종 커튼 틈새로 방을 엿보기도 했다. 호기심은 좋은 것이라고 말하고 다녔지만 집 안을 들여다보는 아이의 시선이 불편하기 짝이 없었다.

비가 그친 뒤에 마당에서 이상한 냄새가 났다. 찌릿한 향이 코를 찌르고 들어왔다. 마침 P가 일을 마치고 집으로 들어왔다.

"이상한 냄새 나지 않아?"

"비가 온 뒤에 이런 냄새가 나. 값싼 아파트 냄새지."

P는 일 층에 있는 집이 다른 층 집보다 월세가 조금 더 낮다고 했다. 비가 오면 나는 냄새 때문이었다. 아이들은 며칠째 같은 옷을 입고 있었다. 종일 뙤약볕에 뛰어놀아 땀범벅이 된 옷이었다. 그들의 아버지는 항상 땀에 젖은 작업복을 입고 돌아다녔다. 왼쪽 집 청년들은 밤마다 시끄럽게 음악을 틀어놓고 춤을 췄다. 그 옆집 아저씨는 아파트 앞

자동차 정비소에서 일했다. 그 역시 땀을 흘리며 마당을 지나다녔다. 일 층 공동 마당에는 사람 냄새가 고였다. 아무도 신경 쓰지 않았다.

비 오는 날에는 옥소 커피를 마시지 않았다. 대신 삼십분 정도 걸어 나가 스타벅스에 갔다. 냄새가 다 빠질 때까지 쾌적한 카페 의자에 앉아 기다렸다. 플라야 델 카르멘에서 스타벅스는 가장 안전한 장소였다. 카페 안에 청원 경찰 같은 경호원이 돌아다녔는데, 등에 커다란 총을 메고 있었다. 잡상인이 들어올 수 없었고 노트북을 자리에 두고 화장실에 다녀올 수 있었다. 유리창을 사이에 두고 외국인에게 마약을 팔려는 사람들이 힐끗힐끗 안을 쳐다보았다. 누군가는 눈을 마주치고 나가 은밀한 거래를 했다.

6통 3반

저녁마다 아파트 마당에 큰 상이 차려졌다. 할머니와 가족들은 마당에 모여 저녁 식사를 했다. 주로 패스트푸드였다. 햄버거나 피자, 치킨을 돌려가며 먹는 듯했다. 어림잡아 초등학교 저학년쯤 되어 보이는 아이들이 매일 저녁 패스트 푸드를 먹었다. 내가 머문 십사 일 동안 아이들은 작은 마당을 벗어나지 않았고 저녁마다 패스트푸드를 먹었다. P는 멕시코에서 제대로 된 교육을 받을 수 있는 사람은 많지 않다고 했다. 이 아파트에 사는 아이들은 형편이 나은 편이라고.

내가 가난에 몰입하게 된 것은 어린 시절 기억 때문이다. 초등학교 1학년 때까지 서울 용산구의 판자촌에 살았다. 사람들은 그 마을을 6통 3반이라 불렀다. 단칸방이었다. 화장실이 따로 없었으므로 마을에 하나 있는 공동 화장실을 썼다. 밤에 소변이 마려울 때면 집 앞 은행나무 아래에 오줌을 누었다. 어두운 골목을 지나 더 어두운 화장실에 갈 용기가 없었다. 비가 온 다음 날에 역한 냄새가 났다. 다른 사람들도 다 똑같이 산다고 생각했다. 그러니 부끄러울 것이 없었다. 역한 냄새도 견딜 만했다. 다들 견디고 사니까.

어머니는 부잣집 딸이었으나 가난을 선택했다. 경찰서장이었던 할아버지는 여덟 명의 자녀를 낳았고 어머니는 다섯째 딸이었다. 할머니는 아들을 낳기 위해 여섯 명의 딸을 낳아야 했고, 끝내 막둥이로 외삼촌을 낳았다. 어머니 다음에 아들이 하나 태어났지만 어릴 적에 돌아가셨다고 했다. 주로 첫째 이모가 어머니의 어머니 노릇을 했다. 서울에 집을 얻어 딸들을 유학시켰고, 어머니는 부모님과 함께 있는 시간이 늘 부족했다. 어머니는 아들들에게 결핍을 물려주고 싶지 않았다고 했다. 직장에 다니는 대신 자식들과 오랜 시간을 함께 보냈다.

허름한 판잣집 안에서 어머니는 스파게티면 마는 법을 가르쳐주었다. 나는 포크와 나이프 쓰는 법을 배웠고 숟가락으로 수프를 떠먹는 자세를 배웠다. 교회에 갈 때는 세미양복을 입혀주었다. 머리에는 무스를 잔뜩 발라 가르마를 타고 랜드로바 구두를 신었으며 고급스러운 멜빵을 맸다. 꼭 영국 귀족 같았다. 내가 입고 다닌 옷만 봤더라면 공동 화장실을 쓰는 아이라고 상상할 수 없었을 것이다.

내가 가난을 체감할 수 있었던 건 용산이 재개발된 이후였다. 초등학교 6학년쯤이었던 것 같다. 판자촌이 사라지고 그 자리에 아파트 단지가 들어섰다. 나와 함께 공동 화장실을 쓰던 친구들은 없어졌다. 같은 반 친구 대부분은 새로 지은 아파트에 살았다. 그때부터 친구를 집에 초대하지 않았다.

중학생이 되자 교복을 입었다. 메이커가 따로 없다는 사실이 묘한 안도감을 주었다. 가끔 소풍을 갈 때면 친구들이 폴로니 빈폴이니 하는 메이커 티셔츠를 입고 나타났다. 다행히 나는 부모님의 사랑을 듬뿍 받으며 자랐다. 학창 시절 개근상을 단 한 번도 받은 적이 없는데, 수업에 빠지고 가족들과 여행을 다녔기 때문이다. 부모님은 통장에 잔고가 거의 남지 않았을 때, 사업을 구상하는 대신 나와 할머니를 데리고 청평에 호수를 보러 가는 사람들이었다. 덕분에 다양한 세상을 볼 수 있었다. 그것이 가난으로 인한 불안이 내 삶을 지배하게 두지 않은 유일한 이유라 믿는다.

가난은 쫓겨나는 일이라 생각했다. 나와 함께 공동 화장실을 쓰던 친구들이 쫓겨났고, 지금은 사라진 경의선 철길 옆 판자촌에 살던 친구들도 그랬다. 우리는 제대로 된 인사도 나누지 못한 채 서로의 삶에서 사라졌다. 어렴풋하게 떠오르는 건 친구들 집 안에서 나던 담배 냄새나, 방 안에서 주정을 부리는 친구 아버지의 목소리뿐이었다. 철길에서 함께 놀았던 친구들이 집 안에서는 전혀 다른 세상을 살고 있었다는 걸 그때는 미처 알지 못했다. 친구들과 놀고 집에 돌아가면 어머니가 따듯한 수프를 끓여주었다. 잠들기 전에는 책을 읽어주었다. 권정생의 「몽실 언니」와 같은 책이었다. 아버지의 책꽂이에는 마르크스의 「자본론」이나 에리히 프롬의 「소유냐 존재냐」와 같은 책이 꽂혀 있었다. 중학생이 된 이후에는 아버지의 서재에서 책을 꺼내 볼 수 있었다. 집 근처 대학교에서 음악을 전공하던 사촌누나에게 개인 수업도 받았다. 어머니는 집안일을 하며 베토벤의 「Piano Sonata No. 14 'Moonlight'(월광 소나타)」를 들었다. 판자촌 단칸방이었지만 영혼이 자라기에는 모자람 없었다.

대학교 때 몇몇 친구의 소식을 들었다. 누구는 동네에서 유명한 깡패가 되었고, 다른 누구는 사기죄로 감옥살이하고 있다고 했다. 쫓겨나지 않기 위해서는 두 가지 조건이 필요하다고 생각했다. 경제적으로 여유롭거나, 좋은 교육을 받거나. 좋은 교육만이 가난한 사람들을 구원할 수 있을 거라고 믿었다. 플라야 델 카르멘 38번가 아파트 공동 마당에서 뛰어노는 아이들을 보며 알 수 없는 감정을 느낀 것도 그 때문이었다. 대마초 냄새 풍기며 돌아다니는 삼촌 이모들과 주말이면 비디오 게임기만 붙잡고 있는 아버지,

패스트푸드로 식사를 대신하는 가족들을 보며 이들의 미래를 함부로 단정 지어버렸다.

내가 할 수 있는 일

"저 정도면 잘 자라고 있는 거야. 진짜 가난한 아이들은 철문 밖으로 나가야 해. 팔찌를 팔에 둘러야 하지."

이윽고 P는 멕시코 동남부의 치아파스Chiapas를 여행한 이야기를 들려주기 시작했다. P가 스물다섯 살이 되던 해였다. 그는 백인 아버지와 선주민 어머니 사이에서 났다. 멕시코는 인종으로 계급이 나뉜다. 백인이 가장 높은 계급이고 백인과 선주민 혹은 흑인 사이에서 난 사람이 두 번째 계급이다. 선주민은 계급 나무에서 가장 밑동에 있다. P는 두 번째 계급에 속한 사람이었다.

P가 스물다섯 살이 되기 전까지는 사회적 불평등에 관해 고민한 적이 없었다고 했다. 멕시코는 계급별로 구분이 철저한데 모여 사는 마을도 다 다르다. 백인이 모여 사는 마을이 있고, P와 같은 계급이 모여 사는 마을도 있다.

마을마다 대문이 있어 마을 주민이나 손님이 아니면 마을 안으로 들어올 수 없다. 어린 시절부터 철저하게 분리된 채 살아가는 것이다. 멕시코시티에 있는 P의 친누나 K의 집에 묵을 때 들은 말이 기억났다. 이 마을에서는 혼자 돌아다녀도 안전해요. 커다란 담벼락을 사이에 두고 계급과 계급이 나뉘어 살아간다.

P는 치아파스에 있는 마야 피라미드 유적을 보러 갔다가 한 아이를 만났다. 만남은 햇살 좋은 날 커피 향이 좋은 한 카페에서 우연히 이루어졌다. 혼자 커피를 마시던 P는 낯선 언어를 들었다고 했다. 마야 선주민 가족이 마야 언어로 대화하는 소리였다(멕시코는 대부분 스페인어를 사용하지만, 국가가 공식으로 인정한 언어는 육십팔 개다). P도 마야어를 제대로 들은 건 그날이 처음이었다며 말을 이어갔다.

"마야어를 재밌게 듣고 있는데, 머리에 꽃을 단 소녀가 내게 다가왔어. 노란색과 흰색의 전통 복장 차림을 한 소녀는 달콤한 미소를 짓고 있었지. 열 살 남짓 되어 보였어. 내게 다가와 꽃을 사라고 하더라고. 내가 꽃은 필요 없다고 하자 그 아이가 갑자기 시간을 물어보는 게 아니겠어? 그래서 알려주었지. 오전 아홉 시라고. 그랬더니 이렇게 대답하더라고. 이런, 이 시간이면 꽃을 다 팔아야 했어요. 꽃을 다 팔지 못하면 오늘 학교에 갈 수 없어요. 라고 말이야."

아이가 꽃을 팔기 위해 한 말인지도 모르지만, P는 그 말이 꽤 충격이었다고 했다. 학교는 누구에게나 공평한 장소라고 여겨왔기 때문이었다. 그는 아이에게서 꽃 열 송이를 샀다. 얼른 학교에 보낼 생각이었다고. 동시에 무기력함을 느꼈다. 오늘은 다행히 꽃을 팔아 학교에 가겠지만, 내일은 어쩌지. 그는 매일 꽃 열 송이를 사줄 수는 없다고 했다. 거대한 무언가 바뀌지 않으면 오늘 하루는 그저 해프닝에 지나지 않을 거라고.

"네가 왜 화를 내는지 잘 알아. 하지만 신고한다고 달라지는 것은 없어. 대신 네가 할 수 있는 일을 찾아봐. 당장 무언가 바꾸려 하지 말고 말이야."

지독하리만치 아름다운

우리는 시내에 있는 차풀테펙Chapultepec이라는 술집에 자주 갔다. 밤 아홉 시부터 밤 열한 시까지 맥주 한 병을 시키면 한 병을 덤으로 주는 이벤트를 열었다. 술집 이 층 야외 테라스에 앉아 술을 마셨다. 안주는 서비스로 나온 토토포Totopo(옥수수로 만든 납작한 모양의 스낵으로 미국에서는 나초라고 부른다) 조각이 전부였다. 늦은 밤까지 술을 마셔도 만 원이 채 되지 않았다. 옆 테이블에는 외국인 관광객으로 가득 차 있었다. 안주를 시킨 손님은 거의 없다. 모두가 한마음으로 열한 시까지 맥주를 들이부었다. 맥주병을 들고 나르는 직원들이 바쁘게 움직였다. 여기저기서 맥주를 한 병 더 달라며 손을 들었다. 차풀테펙에서는 술을 음미하기보다는 목구멍으로 넘기기 바빴다.

"멕시코는 정말 천국이야."

"그렇지? 그런데 술값이 싼 이유를 생각해본 적 있어?"

2017년 멕시코 경제단체 코파르멕스Coparmex의 발표에 따르면, 멕시코 노동자의 하루 최저임금은 80.04페소(약 4.20달러)다. 온종일 일해도 5천 원 남짓한 돈을 번다. 2019년 하루 최저임금이 조금 올라 88.36페소(약 4.79달러)다. 나의 천국이 누군가에게 지옥일 테다.

멕시코의 술집에 앉아 있으면 종종 담배 한 개비를 팔

생각이 없냐며 물어보는 사람들을 만났다. 그날도 몇 사람이나 담배를 팔라며 다가왔다. 술집과 멀지 않은 곳에 편의점이 있었지만 구태여 옆 테이블 낯선 사람에게 다가가 담배 한 개비를 사려는 것이다. 멕시코시티에서 신기한 자판기를 본 적이 있다. 5페소를 넣으면 말보로 담배 한 개비가 나오는 기계였다. 이십 개비 든 담배 한 갑이 50페소면, 한 개비에 2.5페소란 뜻이다. 그러니 5페소에 한 개비는 폭리라 생각했다.

"왜 웃돈을 주고 담배 한 개비만 사려고 하는 거야?"

"여기서는 흔한 일이야. 가난한 사람들은 한 갑을 살 여유가 없어. 종일 참다가 한 개비만 사서 피는 거야. 한 갑을 사놓으면 금세 없어질 테니까."

마침 담배 한 개비를 팔라고 물어본 사람 자리에서 뭉근한 연기가 피었다. 그는 만족스러운 표정으로 담배를 태우고 있었다. 마치 미슐랭 음식점에 온 사람처럼 담배 한 모금을 음미했다. 들이쉬는 숨은 짧았고, 내쉬는 숨은 길었다. 그의 긴 날숨에 오래 귀를 기울였다. 한 모금의 환희와 짧아진 한 개비의 아쉬움이 동시에 묻어 나왔다.

그사이 새로 시킨 술 두 병이 테이블 위에 놓였다. 마지막 술병이었다. 열한 시가 넘어가고 있었다. 한 모금씩 아껴 마시기 시작했다. 차풀테펙에서는 마지막 술에서만 맛이 났다. 속이 거북할 때면 라임을 입에 물고 과즙을 빨아 먹었다. 물기가 빠져 흐물흐물한 라임 껍질이 테이블 여기저기 널브러져 있었다. 술에 취해 헛소리를 지껄이고, 비틀거리며 거리를 걷는 건 어쩌면 살고 싶다는 말일지도 모른다. 똑바로 서서 세상을 바라보면 무력해질 뿐이다. 무책임한 분노로 스스로 위로하고, 합리적인 말로 바뀌지 않는 내일을 긍정하는 것 말고는 딱히 할 수 있는 일이 떠오르지 않았다. 살고 싶었다. 무겁게 내려앉은 마음을 외면하기 위해 허공에 떠다니는 가벼운 문장을 제조했다.

"P, 여기는 정말 아름다운 곳이야."

단지 운이 좋았을 뿐이다. 38번가 아이들을 보며 분노할 수 있었던 건, 내 일이 아니기 때문이다. 적은 돈을 받고 일하는 직원에게 수없이 많은 술병을 내오라 주문한 일 역시 마찬가지다. 여기서 마주하는 일들이 내 것이 아니라는 사실에 안심했다. 내일은 해변에 나가 세비체Ceviche(라임 즙에 재운 해산물 샐러드)를 사 먹을 것이다. 오후 세 시부터 두 시간 동안 해변 식당에서 할인 행사를 한다. 술에 취해 비틀거리면서도 내일은 바닷가에서 세비체 한 그릇 사 먹자고 말했다.

술을 잔뜩 먹고 들어온 다음 날이었다. 아침에 일어나자 마당에서 아이들 뛰어노는 소리가 들렸다. 할머니가 호통을 쳤고, 철문 안의 세상은 어제를 되감기해놓은 듯했다. 천진한 웃음소리가 아파트 마당에 울렸다. P는 어젯밤 술을 마신 일로 오후까지 잠에서 깨지 않았다. 건물 사이로 햇살이 스며들었다. 지독하리만치 아름다운 날이었다.

●

적당한 거리의
인간

비엔티안 & 루앙프라방

그럼 옷은 왜 입니?

비엔티안Vientiane의 식당에는 에어컨이 없다. 커다란 선풍기 한 대가 더위를 식혀주는 유일한 기계였다. 자리에 앉은 지 몇 분이 지났지만 주인이 다가오지 않았다. 느긋한 주인이 메뉴판을 들고 와 식탁에 툭 놓고 갔다. 손님이라고는 나와 함께 간 동생뿐이었지만 주인은 우리 쪽으로 눈을 돌리지 않았다.

게으른 사람이 소가 된다는 우화를 들은 적이 있다. 만약 라오스에 사는 사람에게 그 이야기를 들려준다면 기겁을 할 거다. 첫 번째 이유는 더운 라오스에서 낮잠은 필수라는 사실이고, 두 번째 이유는 소가 라오스 사람에게 신성한 동물이기 때문이다. 라오스 사람들은 물소의 콧구멍에서 나온 박넝쿨에서 사람이 창조되었다고 믿는다.

비엔티안의 하루는 이러했다. 오전 열 시에 일어나 숙소 앞에서 샌드위치를 하나 사 먹고는 다시 돌아와 게스트

하우스 공용 공간에서 투숙객에게 공짜로 주는 커피를 마셨다. 오후 열두 시. 다시 방으로 들어가 낮잠을 자고 오후 네 시에 일어나 한 시간 정도 침대에 누워 정신을 차렸다. 오후 다섯 시 무렵이 되면 해가 뉘엿뉘엿 지기 시작하는데, 그제야 밖으로 나갈 준비를 했다. 잠시 게스트하우스 밖에 발을 디뎌보고는 또다시 방으로 들어갔다. 뜨겁게 달궈진 거리는 해가 져도 당최 식을 기미가 보이지 않았다. 공짜 커피를 한 잔 더 마시고 두어 시간쯤 가만히 앉아 있었다. 오후 여덟 시가 넘어서야 거리를 걸을 수 있었고, 곧장 메콩강으로 향했다.

해가 다 지고 나면 메콩강을 따라 기다란 시장이 들어섰다. 아기자기한 공예품부터 티셔츠, 숟가락, 라이터까지 웬만한 물건은 다 판다. 조금 한산한 강둑에서는 거리 음악가가 연주를 했다. 아무 일도 벌어지지 않을 것 같았던 거리는 무슨 일이라도 벌어질 것 같은 공간이 되었다. 오래전 이력서를 넣으며 출퇴근 시간이 자유로운 회사에 다니고 싶었다. 러시아워 시간에 붐비는 지하철을 타고 싶지 않았다. 비엔티안에서는 방 안에 갇혀 있던 시간이 길었던 탓에 그마저도 흥미로웠다. 어깨를 비비며 걷는 일이 나쁘지 않앉다.

메콩강의 북적이는 밤 시장은 내가 그토록 피하고 싶었던 일상의 한 장면을 다른 각도에서 볼 수 있게 해주었다. 당연하게 벌어지는 일들의 소중함을 깨닫게 해주는 건 결핍이 아닐까. 어쩌면 나는 일상을 오만한 시선으로 누리고 있었던 걸지도 모르겠다. 출근 지하철에서 어깨를 비비며 눈을 흘기던 사람들이 언제나 그 자리에 있을 것이라는 강한 믿음이 심지어 미움으로 변했다. 게다가 키가 작아 붐비는 지하철에서 항상 누군가의 겨드랑이 아래에서 숨 쉬어야 했다. 출근 시간은 견딜 만했으나, 퇴근 시간은 그야말로 곤욕이었다. 퇴근 지하철을 탈 때마다 인중에 향수를 묻히는 버릇도 생겼다. 방 안에 갇혀 있었던 시간은 눅진한 더위에 축축해진 어깨를 비비는 일마저 기꺼이 즐기게 만들어주었다. 무언가 잃어보지 않은 사람은 자기 삶을 지탱하는 무수한 서사를 발견할 수 없지 않을까.

시장을 돌아보고 나서 노점에 들어가 저녁을 먹었다. 대나무 통에 담아주는 찰밥인 카오니아오Khao Niaw와 구운 치킨을 시켰다. 쫀쫀한 찰밥에서 은은하게 대나무 향이 났다. 테이블 위에 숟가락과 젓가락이 있었지만, 손으로 밥을 집어 먹었다. 라오스 사람들은 손으로 밥을 먹기 때문에 그 문화를 제대로 향유하고 싶었다고 잘 포장하고 싶지만, 실상 그렇지는 않다. 종종 한국에서도 손을 사용해 반찬을 집어 먹곤 한다. 젓가락을 정석대로 사용하지 못하는 까닭이다. 손으로 반찬을 집으면 어머니에게 따끔하게 한마디씩 듣곤 했다. 다만 나는 그 부분에 있어서만큼은 어머니 탓을 했다. 어머니의 젓가락질이 정석이 아니었고, 나는 그것을 배웠기 때문이다. 도구를 사용하지 않는 인간은 정말 야만적인가. 단지 문화라는 거대한 울타리 바깥으로 쫓겨나지 않기 위해 노력하는 것뿐이다. 라오스에서는 손으로 밥을 먹는 순간마다 희열을 느꼈다. 공공연한 비밀 하나를 터놓는 기분이랄까.

어쩌면 손으로 밥을 집어 먹고 싶어서 라오스에 온 걸지도 모르겠다. 사람과 사람 사이에 있는 보이지 않는 규칙에 균열을 내보고 싶었던 거다. 틈을 벌리고 그 속에 들어가 구경한다. 내가 너의 곁에 있고 싶어서 지키고 있는 무언의 약속은 무엇이었나. 혹은 감추고 있는 본성은 어떤 것이었나. 때로 스스로 낸 균열이 숨을 쉴 수 있는 공간이 되곤 한다. 누군가와 함께하고 싶어서 버려야 했던 행동이나 말, 감정이 쌓여 무겁게 삶을 짓누를 때 배낭을 싸는 이유다. 손에 묻은 찰밥 잔해를 쪽쪽 빨아 먹거나, 기름 묻은 손을 바지에 쓱 문질러 닦을 때 살아 있다고 느꼈다. 물론 이런 궤변을 늘어놓으면 어머니는 항상 명쾌하게 반박했다. 그럼 옷은 왜 입니?

루앙프라방행 야간 버스

비엔티안에서 루앙프라방Luang Prabang으로 향하는 버스 안에서 보낸 열 시간은 다시 경험하고 싶지 않다. 조금이라도 돈을 아낄 요량으로 값싼 버스를 예약한 일이 화근이었다. 라오스에서는 버스를 타기 위해 구태여 터미널까지 가지 않아도 됐다. 버스를 예약하면 출발 시간에 맞춰 숙소 앞에 툭툭이가 왔다. 친절하게도 숙소 문을 두드리며 얼른 준비하라고 안내해주었다. 값싼 버스를 이용하면서 이런 서비스를 누릴 수 있다니, 호사라고 생각했다. 그게 야간 버스에서 누린 유일한 서비스라는 걸 출발 전까지는 알지 못했다.

버스는 제법 컸다. 현지 여행사 포스터에는 와이파이가 되는 버스라고 적혀 있었으나, 실제로 와이파이는 터지지 않았다. 야간 버스였으므로 아무도 컴플레인을 걸지 않았다. 안대를 쓴 사람들이 보였고, 나 역시 밤새 잠을 잘 생각이었다. 에어컨 송풍구에는 열림과 닫힘 버튼이 있었지만 소용없었다. 애초에 에어컨 송풍구를 막는 커버가 없었기 때문이다. 이 무더운 나라에서 담요를 챙겨 들고 버스에 오르는 사람들을 그제야 이해할 수 있었다. 추위는 계획에 없는 것이었다. 가방에서 긴 청바지를 꺼내 팔에 끼웠다.

몇 분이나 갔을까. 텅텅 비어 있던 버스가 북적이기 시작했다. 길가에서 손을 흔들면 마치 택시처럼 손님을 태우곤 했는데, 자리가 얼마나 남아 있는지는 중요하지 않은 것 같았다. 나중에는 사람을 욱여넣었다. 버스 안에 현지인이 많아졌고 나는 배낭을 가랑이 사이에 감추었다. 잠시 휴게소에 들렀을 때, 무거운 가방을 등에 지고 화장실에 다녀오기도 했다. 차별과 편견은 없어야 한다고 떠들던 지난날이 떠오를 때마다 얼굴이 붉게 달아올랐다. 뭐든 제 일이 되면 감춰둔 본성을 드러내는 법이다.

가는 길 내내 제대로 포장된 도로는 없었다. 울퉁불퉁

한 산길이 이어졌고 창가에 앉은 것이 그날의 가장 큰 실수였다. 산길을 지날 때면 아찔한 절벽이 눈 아래 펼쳐졌다. 가드레일은 없었다. 좁은 길목에서 마주 오는 차량과 비껴갈 때면 낭떠러지 끝에 버스 바퀴가 걸려 있는 것이 보였다. 심장이 쪼여오는 듯했다. 때마침 앞자리에 앉은 관광객이 멀미를 시작했다. 역겨운 토사물 냄새가 진동했다.

창문을 활짝 열고 싶었으나 절벽이 무서워 코만 나갈 수 있을 정도로 열었다. 뜨거운 공기가 얼굴에 닿았다. 코끝에는 땀방울이 맺히기 시작했다. 에어컨을 굉장히 세게 틀어놓았기 때문에 몸은 추웠고 코와 얼굴 주위에만 땀이 났다. 숨을 쉬려면 뜨거운 바람을 맞아야 하고 더위를 식히려면 역겨운 토사물 냄새를 맡아야 했다. 이렇게까지 해야 했나. 후에 이 장면을 어느 잡지에 원고로 실었는데, 다시 읽으니 엄청나게 포장되어 있다. 기다림 끝에 도착한 고대 도시 루앙프라방이라느니, 시처럼 오랜 시간 끝에 찾아와야 진짜 여행이라느니, 하여간 이십 대 중반의 나란 사람은 멋지고 싶어서 안달이 난 모양이다. 솔직히 말해 그 버스에서 얻은 거라고는 단 하나뿐이다. 돈이 있으면 비행기를 타야 한다는 교훈이다. 루앙프라방 시내에 도착하자마자 여행사를 찾아갔고 다음 목적지인 팍세Pakse까지 가는 비행기를 예약했다.

얼굴을 들키지 않는 밤

루앙프라방에 간 건 승려들의 탁발 행렬 때문이었다. 라오스 남성들은 청소년기에 절에 들어가 교육받는다. 한국에 군대가 있다면, 라오스에는 절이 있는 것이다. 아침마다 머리를 밀고 승려복을 입은 어린 승려가 늙은 승려의 뒤를 따라 줄지어 걸어갔다. 주민과 관광객은 그들의 손에 들린 바구니에 음식을 넣었다. 탁발 행렬이 시작하는 장소에서부터 노점이 들어서는데, 승려들이 먹을 수 있는 음식을 만들어 판다. 언젠가 다큐멘터리에서 이 장면을 보고 큰 감명을 받은 적이 있다. 누군가에게 대가 없이 먹을 것을 받아본 기억이 거의 없다. 아주 어린 시절 동네 어르신들이 주는 사탕이 전부였다. 청소년기에 대가 없는 음식을 받아먹는 경험은 매우 특별한 것이라 생각했고, 나도 그들에게 대가 없는 음식을 나눠주고 싶었다.

공짜 음식을 나눠주는 일은 나름의 반항이었다. 종종 사회가 거대한 시장처럼 느껴졌다. 무언가 주어야만 받을 수 있는 시장 같았다. 단지 물건만이 아니라, 마음도 마찬 가지였다. 마음을 준 사람에게 마음을 받는 일이 당연하게 여겨지는 구조가 마음에 들지 않았다.

그때는 내가 조금 더 큰 사람이라는 착각에 빠져 있었 다. 내어준 마음을 돌려받지 않고서도 섭섭하지 않은 대인 배라고. 탁발 행렬에 참여하는 것은 스스로 커다란 사람이 라는 사실을 확인하기 좋은 명분이었다. 노점에서 음식을 샀다. 탁발승에게 돌려받지 않아도 괜찮을 마음이 여기 있 다고 알려주려는 원대한 포부를 안고서.

여섯 번째 승려의 바구니에 음식을 넣었다. 깡마른 체 형에 유난히 키가 작은 승려였다. 턱 중간쯤에 점이 있었 고, 볼에는 붉게 여드름이 나 있었다. 음식을 바구니에 넣 으며 승려의 눈을 뚫어지게 쳐다봤다. 표정은 변하지 않았 다. 인사도 제대로 하지 않고 획 지나가버렸다. 다음날 낮 에 거리에서 그를 마주쳤다. 나를 알아보지 못했다. 그는 다른 승려와 걸어가고 있었다. 나는 일부러 두 승려 앞을 얼쩡거리며 걸었다. 그 후로 탁발 행렬에 가지 않았다.

탁발 행렬에 가는 대신 늦잠을 자고 저녁마다 작은 강가에서 노을을 구경했다. 낮과 밤의 틈새에서 자라는 노랗고 붉은빛 아래 앉았다. 강물은 소리로만 남고 사람이 점점 그림자가 되었다. 얼른 더 어두운 밤이 되었으면 했다. 가끔은 실체보다 그림자가 훨씬 편하다.

조그만 다리를 건너는 승려들의 그림자가 지나갔다. 누구인지 알 길이 없었다. 마음을 쓰지 않아도 충분히 감상할 수 있는 장면이었다. 실체를 알 수 없는 사람에게 마음을 쓰지 않는다고 해도 결코 부끄러운 일이 아니다. 어쩌면 삶에는 실체보다 허구의 사람이 더 많다. 아는 사람보다 모르는 사람이 훨씬 많고, 마음을 준 사람보다 마음을 주지 않은 사람이 더 수두룩하다.

우습게도 나는 그림자를 보며 안도했다. 버스 옆자리에서 꾸벅꾸벅 졸던 학생이나, 출근 지하철에서 같은 출구로 발걸음을 옮기던 노동자들. 이름을 알지 못하는 무수한 삶의 그림자가 울타리처럼 느껴졌다. 심지어 그들에게는 마음을 주거나 받지 않아도 괜찮다. 알아서 살아갈 것이다.

다리의 그림자를 향해 손을 흔들었다. 손이 허공에서

반원을 그렸다. 얼굴을 들키지 않는 밤, 누구도 아프지 않을 안녕. 승려들과 조금 멀어지고 나서야 아프지 않을 만큼 가까워질 수 있었다.

•

만약 우리의 언어가
같았더라면

몽펠리에

조금 더 낯선 사람들

D는 내가 만난 사내 가운데 가장 친절하다. 그는 기다리는 법을 아는 사람이다. 내가 알맞은 영어 단어를 찾아 더듬거릴 때에도 섣불리 자신이 아는 단어를 내뱉지 않았다. 상대방의 말이 끝난 뒤에도 잠깐의 여유를 두었다. 아직 나와야 할 단어가 더 있는지 가늠하는 눈치였다. 나는 그와 대화하는 일을 매우 좋아했으므로 몽펠리에Montpellier에서 하룻밤 더 묵기로 했다.

　프랑스 북부 도시 렌Rennes에서 사는 그가 이곳에 온 건 출장 때문이었다. 유스호스텔에서 출장 온 사람을 만나는 건 생경한 사건이다. 보통은 배낭여행자나, 돈 없는 유학생이 이곳을 이용한다. 게다가 몽펠리에의 유스호스텔에서는 인터넷을 지원하지 않았다. 일하러 온 사람에게 이보다 더한 악조건은 없을 것이다. 그에게 유스호스텔에 묵는 이유를 물었더니, 일부러 인터넷이 되지 않는 숙소를 찾아온 것이라고 했다. 일하지 않는 시간에는 그 누구도 자신을 찾아낼 수 없는 곳에 있고 싶었다고. 그는 오후 여섯 시 반이면 숙소로 돌아왔다. 이틀 동안 한 번도 이 시간을 어긴 적이 없었다.

D를 제외한 나머지 네 명의 룸메이트는 청소년이었다. 학교에서 단체 여행을 온 것 같았다. 다른 방에도 같은 학교에서 온 학생들이 묵었다. 만약 내가 조금 더 넓은 세상을 볼 줄 아는 어른이었다면(그들보다는 어른이라고 생각했으므로) 대화를 시도했을 것이다. 그러나 아무것도 하지 못했다. 단지 청소년이었기 때문은 아니었다. 모두 농아인이었고 나는 어떤 방식으로 다가가야 할지 가늠할 수 없었다. 섣부르게 다가서려다 도리어 상처만 주고받는 게 아닐까 하는 두려움이 나를 방에서 가장 구석진 자리로 내몰았다.

낮 시간에는 숙소 밖으로 나가 거리를 걸었다. 유럽의 도시는 하나 같이 여러 개의 광장을 중심으로 길이 나 있다. 어느 방향으로 걸어도 광장이었다. 몽펠리에는 꽤 젊은 도시다. 광장에서는 춤꾼들이 공연을 했다. 몽펠리에의 음악은 힙합이었다.

D는 이곳에 젊은 사람이 많은 이유에 관해 귀띔해주

었다. 파리의 소르본 대학교에 이어 프랑스에서 두 번째로 역사가 긴 몽펠리에 대학교 덕분이라고 했다. 도시 전체가 대학가인 셈이다.

도시가 워낙 좁아 자주 룸메이트들과 마주쳐야 했다. 그때마다 우리는 서로를 알아보았으나 가벼운 눈인사만 나눌 뿐이었다. 광장의 춤꾼을 가운데 두고 마주 보고 서 있을 때는 난감하기가 짝이 없었다. 때로는 약간 아는 사람보다 아주 모르는 사람이 더 편하다. 한 곡이 끝나자마자 자리를 떴고, 그길로 몽펠리에 대학교로 향했다. 그리고 우리는 그 학교 정문에서 다시 만났다. 눈으로 인사를 주고받았다. 그때마다 나는 바쁜 일이 있는 사람마냥 손목시계를 쳐다보며 발걸음을 재촉했다.

그날 저녁 나는 이 우연한 만남에 관한 이야기를 D에게 털어놓았다. 그러자 그는 어젯밤 이야기를 들려주었다.

"네가 온 날 밤에 룸메이트들과 대화를 나눴어. 종이에 글을 써서 말이야."

"어떤 이야기를 했는데?"

"한국인과 함께 방을 쓰는 게 처음이래. 어떻게 대해야 할지 모르겠다고 하더라고."

"나랑 비슷한 생각을 하고 있었군……. 그래서 뭐라고 말해주었어?"

"궁금하면 직접 대화를 시도하라고 했지."

"아, 내가 큰 상처를 주었을지도 모르겠다. 나는 그들이 내 쪽으로 움직이려고 하는 순간 자리를 피해버렸거든."

너는 입으로만 말을 하니?

룸메이트들이 로비로 나왔다. D가 몸을 돌려 손짓했다. 이윽고 룸메이트들이 앞에 조르륵 앉았다. 불어를 할 줄 몰랐으므로 D에게 영어로 말하면 그가 공책에 불어로 적어주었다.

"만나서 반가워."

"한국 사람은 처음이야. 내가 아주 어렸을 때 한국과 프랑스가 월드컵에서 축구 시합을 한 적이 있어. 그때 무승부였을 거야."

"솔직하게 말할게. 농아인과 대화하는 건 처음이야. 내가 아는 농아인은 손으로 말하는 사람들. 그게 전부야."

"너는 입으로만 말을 하니?"

"그게 무슨 뜻이야?"

"우리는 글로 대화하고 있지만, 단어가 아닌 다른 것들도 함께 느끼고 있어. 눈빛, 표정, 숨소리, 몸짓, 그런 것들 말이야. 글자와 이 모든 상황이 어우러져서 풍기는 분위기를 모두 느끼고 있는 거야. 나에게 언어란 그런 거야."

"혹시 내가 실수했으면 미안해. 잘 몰라서 그런 거야."

"미안할 것까지야. 그나저나 뉴스에서 보니 북한이 미사일을 쏜다던데?"

"너는 뉴스에서 보여주는 게 전부라고 생각하니?"

어느새 밤 열한 시가 되었다. 일반적으로 유스호스텔에는 규칙이 있다. 밤 열한 시 이후에는 로비에서 대화할 수 없다는 것. 여러 사람이 쓰는 숙소이기에 이해할 수 있었으나 그날은 조금 원망스러웠다. 이제 막 재밌어지려던 참이었다. 게다가 얄궂게도 나는 내일 이곳을 떠나야 했다. 이윽고 로비가 소등되었다.

"D, 이제 어쩌지. 나는 오늘 밤이 너무 아쉬운데."

"걱정 마. 일단 방으로 가자."

우리는 속삭이듯 말하며 복도를 가로질렀다.

방에 들어서자 룸메이트들이 창가에 있던 간이 책상을 방 가운데로 옮기고 있었다. 그 위에 공책을 올려놓았다. 우리의 지난 대화가 적혀 있었다. D는 새로운 페이지를 열어 이렇게 적었다. [자, 여기서는 마음껏 떠들어도 돼.]

"우리는 밤마다 떠들었어. D와 함께 말이야. 그는 좋은 사람이야. 우리가 만난 어른들은 이 시간이면 대뜸 자라고 하거든. 그는 그렇지 않아. 대신 오랫동안 함께 이야기를 나눠."

"그가 좋은 사람이라는 말에 동의해. 그가 아니었으면 나도 너희와 대화를 나눌 수 없었을 거야. 그렇지, D?"

모두가 D를 향해 눈을 돌렸다.

"좋은 사람? 그게 뭔지는 잘 모르겠어. 하지만 한 가지는 알 수 있어. 누군가의 좋은 면을 볼 줄 아는 사람도 역시 좋은 사람이야. 너희들 모두 좋은 사람이라는 말이야."

언어의 탄생

룸메이트 하나가 수어로 무언가 말했다. 정확한 의미는 알수 없었으나, 그의 표정, 몸짓, 눈빛을 보며 짐작했다. 아마도 '좋은 사람'이란 뜻이 아닐까. 나의 짐작은 보기 좋게 빗나갔다. 수어를 한 뒤 그가 공책에 무슨 말을 했는지 적었다. [모두 즐거운 시간]

내가 짐작한 뜻이 틀렸다는 걸 모두에게 말했다. 그러자 다른 룸메이트 하나가 웃으며 말했다.

"그것 봐, 뜻이 조금 빗나갔지만 너는 쟤가 하는 말이 좋은 의미란 걸 알 수 있었잖아. 우리가 사용하는 언어는 다르지만 무언가 비슷하게 느끼는 것들이 분명히 있어."

"만약에 말이야, 내가 수어를 할 줄 알았으면 우리가 지금보다 더 일찍 친해질 수 있었을까?"

"그건 모르는 일이야. 옆방에 있는 A라는 녀석을 정말 싫어하거든. 너도 한국말 하는 모든 사람과 친하지 않을 거 아냐?"

"아!"

"오히려 언어가 다른 게 더 나을지도 몰라. 중요한 이야기만 할 수 있잖아. 나쁜 말을 하기에는 우리가 거쳐야 할 과정이 너무 많으니까. 필요한 이야기만 하는 거지. 그러니까 내 말은 만나서 반갑다는 거야."

이 말이 끝나자 D가 하품을 했다. 유일하게 내일 출근해야 하는 사람이었다. 그가 피곤해하자 다들 약속이라도 한 듯이 자리에서 일어났다. 나는 침대에 누워 오랫동안 잠들지 못했다. 손을 꼼지락거렸다. 말이 통한다는 건 무엇을 의미하는 걸까. 나의 언어 세계에 조금씩 금이 가고 있었다.

분명한 건 적어도 내가 아는 모든 생명은 균열을 틈타 세상에 태어난다는 거다. 나무도, 새도, 사람도 모두. 이미 바깥세상에 나와버린 생명은 다시는 그 전의 세계로 돌아갈 수 없다. 성장은 모든 생명의 운명이다. 키가 자라고 몸집이 커진다. 이전에 전부였던 세상 하나를 완전히 잊기도 한다. 엄마 뱃속에서 보낸 십 개월을 기억하지 못하는 것처럼. 그날 밤 나의 언어는 세상 밖으로 나왔다. D와 룸메이트들이 만들어준 틈 사이로 고개를 내밀었다. 이것이 잘 자라게 하는 것은 이제 온전히 내 몫이다.

•

LOVE & FEAR

푸에르토 모렐로스

룸메이트

2019년 겨울 멕시코 친구 P가 한국에 들른 적이 있다. 그때 I를 처음 만났다. 곱슬곱슬한 금발 머리, 사파이어색 눈동자, 억양이 강한 영어 발음, 빠른 말의 속도. I는 격의 없이 대화했지만, 상대방에 대한 예의는 철저하게 지켰다. 그러면서도 상대방이 자신에게 예의 없는 행동을 하면 웃으며 품어주었다. 자신과 애정이 있는 사람들에게만 엄격했고, 그 외의 사람들에겐 매우 관대했다.

대학에서 사회과학을 공부한 I는 여행지의 역사와 문화에 관심이 많았다. 질문과 이야깃거리가 끊임없이 솟았다. 그는 자신이 예술가나 창작자의 기질을 타고나지 않았다고 말하지만, 누구보다 예술가들의 마음을 잘 이해했다. 가끔은 공감과 이해를 넘어 현실적인 조언이나 해결책도 함께 제시했다. 나 역시 글이 잘 안 써지거나, 슬럼프가 찾아오면 그에게 연락하곤 했다. 누구보다 탁월한 통찰력을 지닌 사람이었기 때문이다. I가 한글을 알지 못하였으므로 슬럼프에 빠진 시간에 무엇을 해야 하는지에 관한 이야기가 대부분이었다. 관계가 가까워질수록 분석과 통찰은 날카로워졌고, 가끔은 매우 따끔하게 조언했다. 그러면서도 메시지 말미에 잘하고 있는 거라고 말해주었다. P가 I와 사랑에 빠진 이유를 어렴풋이 알 것 같았다.

우리는 멕시코 동부 해안의 작은 마을 푸에르토 모렐로스Puerto Morelos에서 재회했다. 뜨거운 날이었다. 바닷물을 머금은 눅진한 공기가 온몸에 내려앉아 나를 힘껏 바닥으로 끌어당겼다. 결국 참지 못하고 나무 그늘에 주저앉을 무렵, 낡은 폭스바겐이 코를 들이밀었다. 움직이는 게 신기할 정도로 오래된 차였다. 운전석에서 손을 흔드는 P가 보였다. 조수석에 앉은 I가 창문 밖으로 얼굴을 내밀고는 내 이름을 불렀다. 차에 타면 모든 문제가 해결될 것 같았지만, 뒷자리에 등받이가 없어 코너를 돌 때마다 창문을 붙잡고 버텨야 했다. 에어컨도 없었다. 차가 달릴 때만 시원한 바람을 맞을 수 있었다.

삼십 분쯤 달려 P와 I가 사는 집에 도착했다. 집에는 두 사람 말고도 세 사람이 더 살았다. 다섯 명이 집세를 나뉘 내는 모양이었다. 일 층 거실 소파가 나에게 주어진 방이었다. 위층 방에는 우루과이에서 온 U가 살고 있었다. 그는 처음 보는 사람에게도 장난칠 만큼 넉살 좋은 사람이었다. U의 첫마디는 께름칙한 농담이었다. 한국 사람인가요? 오! 코로나바이러스를 옮기지 마세요! 코로나바이러스 감염증이 점점 심각해지고 있었고, 동양인 차별이 폭력적인 형태로 변해가는 시점이었다. 장난으로 넘기기에 가슴 한 구석이 찜찜했다.

I는 허리를 곧게 펴고 앉았다. 조금 친해지면 허리 펴고 앉으라고 곧잘 지적하곤 했다. 그는 항상 가운데 앉아서 중재자 역할을 자처했다. U가 코로나바이러스 농담을 했을 때, I는 엄중한 표정으로 U에게 그런 말은 하지 말라며 경고했다. 이외에도 차별적인 단어나, 문장이 나올 때마다 I가 등장했다. 그는 높은 의자에 앉은 재판장 같았다. I는 모든 끼니를 정성스럽게 차려 먹었다. 아침부터 저녁까지 단 한 끼도 허투루 보내지 않았다.

P는 게으르다. 부지런한 I와 함께 살고 있다는 게 신기할 정도로 게으르다. 멕시코시티에서 만난 P의 조카 V는 그를 우론Uron(페럿) 삼촌이라 부른다. 가끔 집에 놀러 오

면 종일 잠만 잔다고 붙인 별명이란다. 딱딱한 의자에 곧게 앉는 것보다 소파에 몸을 반쯤 기울여 누워 있는 일을 선호한다. 식탁에서는 메인 요리보다 토토포 같은 스낵에 관심이 더 많다. 그림 그리는 일을 제외한 모든 일상에는 수동적인 태도로 일관한다. 그를 움직이는 건 I의 잔소리뿐이다.

아침마다 식탁에 둘러앉아 밥을 먹었다. I는 개인 접시에 달걀 프라이와 야채 볶음을 정갈하게 담아주었다. 옆에 앉아 있던 U는 한 입 베어 물은 타코를 먹어보라고 권했다. 그때까지 P는 식탁에 등장하지 않았다. P를 부르는 I의 목소리가 상기되자 풀어헤친 머리를 하고는 겨우겨우 식탁에 올라와 앉았다. 반쯤 감긴 눈으로 다른 사람 접시에 있는 음식을 집어 먹는 일이 다반사였다. 정신이 없는 게다. I는 엄격한 말투로 P에게 구지람했다. 아침에는 정신 차려야지! 그럴 때마다 P는 나를 보며 멋쩍은 듯 어깨를 으쓱하곤 했다.

몽상가들

프랑스 소설가 마르그리트 뒤라스Marguerite Duras는 여든한 살에 연인 얀 앙드레아 슈타이너Yann Andrea Steiner에게 바치는 책 「C'est Tout(이게 다예요)」을 썼다. 뒤라스는 죽음을 불과 이 년 앞둔 어느 날에도 여전히 사랑하고 있었다. 죽음이 가까워질수록 몸도 생각도 기억도 흐려지지만, 사랑은 선명해지나 보다. 되돌아보니 내 할머니의 마지막 말도 "사랑해라"였다. 사랑이 인생의 오랜 주제가 되는 것은 아무도 명확한 인과관계를 찾지 못했기 때문일 것이다. 뒤라스는 사랑한다고 외치고 싶은 마음이 전부라고 고백한다. 여든의 작가에게도 사랑은 여전히 맥락이 없다.

P는 I가 없는 시간에 다른 사람이 되었다. 담배를 피웠고, 과자만 집어 먹었다. 아침에는 당최 일어날 생각을 하지 않았다. 도대체 어떻게 P는 I와 함께 사는 걸까. 그가 연인 앞에서 억누르고 있는 행동이 튀어나올 때마다 이 사랑은 오래가지 못할 거라고 생각했다. 낮에는 주로 해변에서 시간을 보냈는데, 세비체 한 그릇을 앞에 두고 맥주를 몇 병이고 마셨다. 햇볕이 뜨거운 날이었다. 적당히 취기가 올

라 궁금한 이야기를 꺼냈다.

"I와 너는 너무 달라. 도대체 어떻게 사랑에 빠지게 된 거야?"

"처음 사랑에 빠질 때는 몰랐어. I를 구체적으로 알게 된 이후에는 이미 사랑을 멈출 수 없었어."

"그럼 지금은 왜 I에게서 빠져나오지 못하는 거야? 구체적으로 알게 되었잖아. 너와는 많이 다른 사람이라는 걸 말이야."

속삭이듯 물었다. I가 들을 수 없을 정도로.

"오랫동안 왜 사랑하는지 질문하지 않아서, 이유를 잊어버렸어."

"그럼 지금 사랑을 한다는 건 너에게 무엇을 의미하는 거지?"

"어떻게 사랑하는 마음을 잘 보여줄 수 있을까 고민하는 일이지."

이 말을 한 뒤 P는 잠시 나를 불러내어 해변 카페 뒤쪽으로 데려갔다. 그러고는 담배를 입에 물었고, 말을 이어갔다.

"아주 가끔 억누르는 일들을 몰래 하는 재미도 쏠쏠

해. 사랑하지 않았다면 담배가 이렇게 맛있는지 몰랐을 테니까."

누군가를 사랑한다는 건 삶을 재밌게 만드는 일이라고 생각했다. 담배 연기를 뿜어내는 P의 얼굴은 어린아이처럼 밝았다. 사랑하는 사람들은 왜 사랑을 하는가보다, 어떻게 사랑을 할지를 더 고민한다. 단지 사랑한다고 말하고 싶어서 사랑하는 것일지도 모른다.

절반의 당신에게

푸에르토 모렐로스에서 맞이한 네 번째 아침. 뒷마당에서 새소리가 났고, 거미원숭이 한 마리가 집 앞 도로 한가운데 앉아 있었다. 부엌에서는 음식 냄새가 났다. 평소와 다름없는 아침이었지만, 식탁 위의 풍경은 사뭇 생경했다. P가 자리에 앉아 있었고, U가 농담을 건네지 않았다. I는 부엌에서 말없이 음식을 만들고 있었다. 식탁에 앉아 P에게 조용히 물었다.

"무슨 일이 있는 거야?"

"I가 운영하는 브뤼셀의 식당 지배인이 자살했어. I는 아침 먹고 바로 브뤼셀로 갈 거야."

"뭐? 사람이 죽었다고? 그것도 I와 가까운 사람이?"

너무 무거운 진실은 여러 차례 확인하게 된다. 그렇다고 사실이 바뀌지 않겠지만, 질문과 질문 사이에 희망 비슷한 걸 심기 위해서다. 희망 하나는 내가 잘못 들었을 경우, 다른 희망 하나는 잘못된 소식일 경우. 모든 경우의 희망이 꺾이고 나서야 비로소 진실을 마주하게 된다. I가 커피를 들고 와 식탁에 앉았다. 그도 내가 이미 소식을 들었다는 걸 알고 있었다. 침착함을 유지하려는 듯, 커피 두세 모금을 연달아 마셨다. 나도 그를 따라 커피를 두세 모금 목으로 넘겼다. 한동안 아무 말도 없었다.

"M은 평소 잘 웃던 사람이야. 어려운 건 없냐고 물어봐도 항상 괜찮다고만 했어. 그래서 다 괜찮은 줄만 알았던 거야."

I는 M과 오 년 동안 함께 일했다. 잘 맞는 사업 파트너였고, 어쩌면 그 이상의 신뢰를 쌓은 관계처럼 보였다. M이 왜 우울증에 시달렸는지 유서에 자세히 적혀 있다고 했다. I는 아직 유서를 읽을 자신이 없어 경찰이 보내준 사진 파

일을 열지 않았다고 했다. 최근에 사소한 일로 말다툼했는데, 그게 자살의 이유가 됐을까 봐 두려운 모양이었다.

누구나 아무에게도 드러내지 못한 진실을 간직하고 산다. 아주 친한 친구라도, 깊이 사랑하는 연인이라도, 절대 알 수 없는 절반의 이야기는 강제로 들춰지기 전까지 결코 꺼내놓지 않는다. 절반은 오직 혼자 간직하고 싶은 것들일 수도 있고, 차마 들려주지 못한 진실일 수도 있다. 하다못해, 때로는 스스로 절반을 감지하지 못하기도 한다. 어느 이탈리아 청년의 절반은 그가 죽은 뒤에서야 세상에 드러났다. 그의 유서에는 감춰둔 절반에게 얼마나 많은 슬픔을 지우고 있었는지에 관한 이야기가 들어 있을 것이다.

아침을 먹고 나서 I는 급하게 짐을 쌌다. 우리는 낡은 폭스바겐에 짐을 싣고 공항으로 향했다. 여름이 점점 다가오고 있었다. 처음 이곳에 도착한 날보다 더 무더운 날씨였다. 주차장에 들어서서 짐을 풀었다. 그사이 옷이 땀에 흠뻑 젖었다. 눅눅한 팔로 I를 끌어안았다. 그리고는 그의 귀에 대고 말했다.

"너무 많은 아픔과 슬픔을 혼자 견디려 하지 않았으면 해. 부탁이야."

이것은 I가 나에게 보여주지 못하는 절반의 I에게 보내는 말이었다.

사람을 마음에 들이는 일에는 얼마나 큰 각오가 필요한가. 마음에 들인 만큼 깊이 상처가 날 것이다. 함께 보낸 시간만큼 울어야 할 테다. 아프고 싶지 않다면 사랑하지 않는 것이 가장 현명한 선택일 수도 있다. I를 보내고 몇몇 사랑하는 이에게 곧장 연락했다. 그 순간 나는 도무지 사랑을 멈출 수 없는 사람이라는 것을 알 수 있었다. 내 인생에 있어 몇 안 되는 가장 명료한 예언 같은 것이었다.

P의 집으로 돌아와 부모님에게 전화했다. 나는 웃으며 여기는 참 좋다고 말했다. 다음에는 친구에게 전화했다. 잘 있느냐고. 친구가 웬일로 여행 가서 전화를 다 한다며 빈정댔다. 나는 웃으며 여기는 참 좋다고 말했다. 오늘 있었던 슬픈 사연은 절반의 나에게 넘겨두기로 했다.

그날 밤 P와 술집에 앉아 I의 연락이 오기만 기다렸다. 맥주 몇 잔을 마시고도 취한 사람은 없었다. 우리는 말없이 오래 핸드폰 화면을 들여다보았다. 새벽 세 시쯤 메시지가 도착했다. I였다. 그제야 P는 담배를 입에 물었다. 잔에 술이 반이나 남아 있었지만, 비우지 않고 자리에서 일어났다.

어두운 길을 걸어 집으로 향했다. 문을 열고 거실에 들어섰다. 우리는 거실 바닥에서 잠들었다. U가 새벽에 내려와 나와 P에게 이불을 덮어주었다. 아침이 되자 I에게 영상 통화가 왔다. I의 퉁퉁 부은 눈이 반달 모양으로 꺾였다. 웃음과 울음은 어쩌면 닮은꼴이겠다. 당최 그의 표정이 어떤 감정을 담고 있는지 알 길이 없었다. I의 목소리가 들렸다.

나는 괜찮아. 여기는 다 괜찮아.

부끄러운
소망

이스탄불

좋은 사람

이스탄불행 버스를 기다리고 있었다. 튀르키예 에디르네 Edirne 이슬람 사원 앞에서 큰 싸움이 벌어졌다. 주민들은 아무 일도 아니라는 듯 지나쳤다. 내가 자리를 떠나지 못하고 상황을 주시하자, 에디르네에서 만난 튀르키예인 친구 E가 말했다.

"쿠르디쉬Kurdish야. 그들은 언제나 화가 나 있지. 웬만하면 엮이지 않는 게 좋아."

쿠르디스탄Kurdistan은 튀르키예, 이란, 이라크, 시리아 등 네 개의 나라에 걸쳐 있는 쿠르드족 땅이다. 인구가 사천만 명 정도이고, 이는 영토가 없는 민족 가운데 가장 많은 수다. 16세기 오스만제국이 패망하며 중동이 여러 갈래로 나뉘게 되는데 그때 쿠르드족은 영토를 얻지 못하고 네 개의 나라에 찢어져 들어가게 됐다.

이스탄불 숙소에 도착해 짐을 다 풀기도 전에 휴대전

화가 울렸다. 카우치 서핑 앱으로부터 한 개의 알림이 떴다 (카우치 서핑은 여행자끼리 무료로 숙소를 제공하거나, 제공받는 온라인 커뮤니티다).

[안녕, 나는 쿠르드인 A라고 해. 3월에 친구와 같이 서울을 여행할 예정이야. 혹시 집에 빈방 있으면 우리를 재워줄 수 있겠어?]

메시지 발신지는 이스탄불이었다.

[좋아, 그런데 말이야. 놀라지 마. 나 지금 이스탄불이야! 괜찮으면 이스탄불에서 차나 한잔할까?]

우리는 A가 일하고 있는 이스탄불의 어느 작은 카페에서 만나기로 했다.

A는 이스탄불의 이십사 시간 카페에서 야간 아르바이트를 하고 있었고, 오후 한 시에 일이 끝난다고 했다. 정오가 조금 지나 카페에 도착했다. 앞치마를 두르고 커피를 내리는 A가 보였다. 그도 나를 알아본 듯했다. 커피를 한 잔 주문하고 야외 자리에 앉았다. A가 직접 커피를 가져다주었다. 시키지도 않은 쿠키와 디저트가 함께 나왔다. 오후 한 시. 그가 샌드위치와 커피를 들고 와 앞자리에 앉았다.

"여기 사장은 좋은 사람이야."

"돈을 많이 주는 사람인가 봐?"

"돈은 튀르키예인보다 적게 받아. 쿠르드인이니까."

"그럼 좋은 사람은 아닌데?"

"쿠르드인이 일할 수 있는 곳이 많지 않아. 게다가 퇴근할 때 빵과 커피를 먹을 수 있게 해주지. 이스탄불에서는 이 정도면 좋은 사람, 아니, 좋은 튀르키예인이라고 말할 수 있어."

A가 샌드위치를 베어 물며 말했다.

마침 E에게 안부 메시지가 왔다. 이스탄불에 잘 도착했느냐고. 그 순간 쿠르드인과 엮이지 말라던 그의 말이 떠올랐다. 답장을 보낸 뒤 한참 A를 쳐다봤다. 커피를 마시고 있었다. 햇살이 좋은 날이었다. 덕분에 그의 얼굴을 자세히 볼 수 있었다. 기다란 얼굴에 눈썹이 짙었다. 짧은 머리에 말랐지만 팔뚝에 근육이 선명했다. 다부진 군인 같았다. 복기해보니 에디르네에서 언성을 높이며 싸우고 있던 쿠르드인도 A와 비슷한 체형이었다.

샌드위치를 다 먹은 그는 가방에서 책 한 권을 꺼냈다. 러시아 문인 고골의 단편집이었다. A는 단편 소설 가운데 「코」를 가장 좋아한다고 했다. 책을 펼쳐놓고 한참 설명을 늘어놓았다. 그러더니 이내 자신은 두 개의 신을 믿는다고 했다. 하나는 알라이고, 다른 하나는 비틀스의 존 레논이라고. 비틀스 음악을 들으며 퇴근하는 길이 하루 가운데 가장 행복한 순간이란다. 이 모든 말은 그에 관해 묻기도 전에 들은 이야기들이다. 내가 하고 싶었던 진짜 질문은 저녁 먹을 시간이 다 되어서야 할 수 있었다.

싸우는 사람들

이스탄불에 오기 전 영화 「킹덤 오브 헤븐」에서 쿠르드족에 관한 이야기를 본 적이 있다. 정확히는 쿠르드족 전쟁 영웅 살라딘에 관한 영화였다. 그는 제1차 십자군 전쟁에서 빼앗긴 예루살렘을 탈환하기 위해 지하드(성스러운 전쟁)를 선포했다. 십자군의 선봉장은 사자왕이라 불리는 영국의 국왕 리처드 1세였다. 기독교와 이슬람의 선봉장이 서로를 인정하고 존중하며 격돌한 일화는 영웅담으로 남았다.

영화를 본 뒤 싸움이 남기는 건 승자나 패자가 아니라

고 생각했다. 여전히 예루살렘은 전쟁터다. 기독교나 이슬람은 서로 성스러운 전쟁이라 말하지만, 실상은 실크로드 무역에서 중요한 자리를 선점하려는 것이었다. 실제로 십자군 전쟁의 가장 큰 동력은 무역상들의 적극적인 협조였다. 전쟁은 영웅과 학살자를 동시에 잉태했다. 에디르네에서 버스로 삼십 분이면 불가리아로 갈 수 있었다. 불가리아 국경 마을에는 큰 동상이 서 있었는데, 오스만 제국에 맞서 싸운 장군이었다. 불가리아에서는 영웅이었지만, 튀르키예인 E는 같은 사람을 보고 잔인한 학살자라고 했다. 전쟁의 수혜자는 물건 파는 상인뿐이었다.

"지키려는 사람이나, 빼앗으려는 사람이나, 폭력은 그 자체로 참혹해."

"때로 폭력이 필요한 순간이 있어."

"평화롭게 문제를 해결하는 건 정말 불가능한 걸까?"

"혹시 너 알 안팔 작전이라고 들어본 적이 있니?"

A가 목소리를 가다듬으며 말했다.

알 안팔 작전Al-Anfal은 1986년에서 1988년 사이 벌어진 쿠르드 남성 학살을 부르는 말이다. 당시 이라크에는 사백만여 명의 쿠르드인이 살고 있었다. 당시 미국과 이라크는 이란에 맞서 싸우는 동맹국이었다. 문제는 제1차 세계 대전에서 미국의 윌슨 대통령이 쿠르디스탄에 한 약속이었다. 미국은 제1차 세계대전의 명분으로 민족자결주의를 내세웠다. 그때 쿠르디스탄의 영토를 되찾아주겠노라고 약속한 것이다. 이라크 입장에서는 가만히 앉아 국토의 사분의 일 가까운 땅을 잃게 될 일이었다.

이후 이라크의 사담 후세인이 이라크 정권을 잡았다. 초창기에는 쿠르디스탄의 언어 사용을 허가하고 정치적 자치권도 주었지만, 오래가지 않았다. 후세인은 아랍화 정책을 내세워 쿠르디스탄 내 석유 산지에 가난한 아랍 농부들을 강제 이주시켰다. 이에 반발한 이라크 쿠르디스탄 민주당Kurdistan Democratic Party-Iraq, KDP은 전면전을 선포한다. KDP를 창설한 건 쿠르드계 이라크인인 무스타파 바르자니Mustafa Barzani였다. 바르자니는 부족 이름이었는데, 우리나라로 치면 성씨 같은 것이다. 후세인의 칼끝은 바르자니 부족 남성에게로 향했다. 국제 인권 단체인 휴먼라이프워치의 「이라크의 대량 학살 범죄」 보고서에 따르면 후세인이 학살을 암시하는 듯한 발언을 하기도 했다.

"저들은 국가를 배반하였고, 맹약Covenant을 배반하였으며, 이에 우리는 저들에게 엄중한 형벌을 내렸으며, 저들은 지옥에 갔다."

학살에는 화학 무기가 사용되었다. 1987년 4월 16일, 발리산 계곡Balisan Valley에 있는 수십 명의 민간인을 화학 공격으로 죽였다. 이런 방식으로 죽은 쿠르디스탄 남성이 이십만여 명에 이른다. '남성은 학살되기 위하여 태어난다'는 쿠르디스탄 속담이 생겼을 정도다. 미국은 우호 국가의 일탈에 침묵으로 동조했다.

알 안팔 작전을 설명하는 내내 A의 얼굴이 상기되어 있었다. 나는 가만히 그를 바라보았다. 할 수 있는 말이 없었다. A는 차분히 다음 이야기를 꺼내놓았다.

"얼마 뒤에 군대에 가야 해."

"쿠르디스탄 군대에 들어가는 거야?"

"아니, 튀르키예 군대에 들어가야 해. 의무거든."

"군대에 간다는 건 튀르키예인으로 인정받는다는 의미 아니야?"

"웃기지 말라고 해. 쿠르드인은 번듯한 직업을 갖기 어려워. 언어도 마음대로 사용하지 못하지. 권리가 없는 의무는 폭력에 불과해. 그래 맞아. 이게 진짜 폭력이야."

"하지만……."

"튀르키예군에 가면 어쩌면 쿠르드군과 총을 겨눠야 할지도 몰라."

그는 다시 빵을 한 입 베어 물었다. 결연한 표정이었다. A에게 평화란 무엇일까. 나는 아무 일도 벌어지지 않는 상태를 평화라고 생각하며 살아온 걸지도 모르겠다. 튀르키예에 사는 쿠르드인에게 잠잠한 하루는 가짜 평화일 뿐이다. 조용한 일상은 죽음을 방관한 자들이 내세우는 빛깔 좋은 명분에 지나지 않는다. 적어도 A에게는 그렇다. 그는 튀르키예에 사는 모든 쿠르드인이 매일 전쟁을 치른다고 했다. 살기 위해 튀르키예인 카페 주인 아래서 일하고, 그들이 주는 빵을 먹고, 그들을 지키기 위해 동족과 총을 겨눠야 한다. A는 쿠르드인을 싸우는 사람들이라고 했다. 빵을 다 먹은 뒤 그는 무언가 결심한 듯 주먹을 쥐었다. 뒷말을 잇지 않았다. A는 서울에 가면 어떤 결심을 했는지 알려주겠다고 했다.

신이 항상 너와 함께하기를

2015년 3월 공덕역 10번 출구에서 A와 재회했다. A 옆에는 처음 보는 남자가 한 명 더 있었다. 사촌 동생이자 매제인 M이었다. 우리는 집으로 가기 전에 간단하게 식사할 만한 곳으로 향했다. 공덕역 뒷골목에는 제법 식당이 많다. 그날은 한 시간 정도 공덕역 주변을 배회해야 했다. 두 사람이 종교적인 이유로 육식을 하지 않기 때문이었다. 아무리 머리를 쥐어짜도 생각나는 음식점이 없었다.

정답은 늘 가까운 곳에 있다. 공덕역 주변을 한 바퀴 돈 우리는 김밥천국으로 향했다. 그곳에는 두 사람이 먹을 수 있는 음식이 있으리라. A는 떡볶이를 시켰고, M은 소고기 고명을 뺀 비빔밥을 시켰다. 나는 햄을 뺀 김밥과 라면을 시켰다. 떡볶이를 맛본 A는 너무 맛있다며 매운 국물을 몇 번 더 떠먹었다. 쿠르드인은 매운맛을 좋아한다고 했다. 여세를 몰아 라면도 맛보라 권유했다. 라면 국물을 맛보더니 A의 눈빛이 달라졌다. 세상에 이렇게 맛있는 음식을 왜 이제야 맛보여주냐는 표정이었다. A가 라면 그릇을 들고 국물을 마시고 있을 때 라면수프 안에 고기 분말이 들어갔다는 사실이 떠올랐다.

"미안한데, 라면 국물에 고기가 들어간 것 같아."

"아, 그래? 그럼 못 들은 걸로 할게."

"그래도 되는 거야?"

"몰라야 해. 나는 모르는 거야. 모른 채로 이 국물을 먹는 거야. 그러니 더는 묻지 말아줘. 이거 정말 죽인다!"

그는 라면 한 그릇을 더 주문했다.

A와 M이 집에 머문 일주일 동안 매일 밤 라면을 끓여 먹었다. 퇴근하고 집에 돌아오면 라면수프에서 나는 매운 냄새가 진동했다. 나는 신을 믿지 않아. 그러니 우리 집에는 신이 없어. 라면 마음껏 먹어. 퇴근길에 라면 한 박스를 들고 들어오며 말했다. 남는 건 집에 갈 때 몇 봉지 싸줄 참이었다. A와 M은 어린아이처럼 좋아했다. 심지어 A의 눈가가 촉촉하게 젖기까지 했다. 작은 일에 감동하는 사람이 전쟁터에서 살고 있구나.

한국에서의 마지막 밤 우리는 할랄 음식점에 갔다. 저녁 식사가 끝나갈 무렵 A가 드디어 결심을 털어놓았다.

"쿠르드군에 지원하기로 했어."

"그럼 전쟁터에 가는 거야?"

"아마 그럴 거야. 내가 들어가려는 단체는 쿠르디스탄 노동자당Partia Karkaren Kurdistan, PKK야. 쿠르디스탄 독립주의 단체 가운데 과격하기로 유명한 곳이지."

"꼭 가야만 하는 거지?"

"이스탄불에서 너와 만났던 날 결심했어."

"왜 그날 결심한 거야?"

"많은 사람이 너와 같은 생각을 하고 있을 거라고 느꼈거든. 아무것도 하지 않는 가짜 평화 말이야. 이 세상에 그냥 얻어진 평화는 없어. 그걸 보여주어야만 해. 쿠르디스탄은 아직 싸우고 있다고 알려야만 해. 영웅이 되려는 건 아니야. 내가 할 수 있는 일이 그것뿐이라서 그래. 다른 길이 없어."

다음 날 오전 A와 M은 집으로 돌아갈 채비를 했다. 공덕역 공항철도 개찰구 앞까지 배웅했다. 지하철 입구에 도착하자 A가 나를 와락 안았다. 우리는 오래 서로를 놓지 않았다. 차마 그를 응원할 수 없었다. 차라리 A가 비겁하고 나약한 인간으로 살았으면 했다. 다음에 만나자는 말도 하지 않았다. 희망은 사람을 오래 아프게 한다. 희망이 사라지거나, 현실이 되기 전까지 아픔은 멈추지 않는다. 그도 다른 말은 하지 않았다. 커다란 배낭을 등에 지고 지하철 플랫폼으로 내려가는 두 사람을 지켜봤다. 아무것도 할 수 없었다. 지하철을 타고 가는 곳은 어디일까. 다시 이스탄불의 카페였으면 좋겠다. 튀르키예인이 먹지 않은 빵을 먹으며 수치스럽게 살았으면 좋겠다. 침묵하며 살았으면 좋겠다. 작고 부끄러운 마음을 차마 입 밖에 내지 못했다.

몇 달 뒤 메시지가 도착했다.

[나는 이제 곧 입대해. 행운을 빌어줘. 고마워. 신이 항상 너와 함께하기를.]

답장을 쓰는 데까지 몇 시간이나 걸렸다. 쓰고 지운 문장이 수두룩했다. 결국 짧은 문장을 남기기로 했다.

[몸조심해. 신이 항상 너와 함께하기를.]

●
장국영이
죽던 해

홍콩

장국영이 죽던 날

2003년 4월 1일 밤. 그날은 그의 생애 처음이자 마지막 비행飛行이 끝난 날이었다. 그때 나는 고작 열네 살이었다. 초등학교에 다닐 무렵 미국에서 9.11 테러가 났다. 그날 저녁에는 일일 시트콤이 결방되었다. 산 날이 길지 않아 죽음에 관해 깊이 생각하지 못했다. 장국영이 죽던 날, 뉴스에서 종일 그의 이야기가 보도됐다.

이십 대 중반이 되어서야 옛날 홍콩 영화를 보았다. 주로 왕가위 감독의 영화였다. 「아비정전」, 「화양연화」, 「중경삼림」, 「해피 투게더」. 초록빛이 도는 색감이 마음에 들었다. 배경음악도 귓가에 오래 머물렀다. 홍콩 영화에 처음 발을 디딘 건 왕가위 감독 덕분이었다. 배우 장국영이 눈에 들어온 건 스물여섯 살이 되던 해 만우절이었다.

이십 대 초반을 함께 보낸 애인과 이별하고 맞이한 첫 번째 만우절이었다. 매년 만우절이면 뜻하지 않은 이벤트가 열리곤 했는데, 그해에는 아무 연락도 없었다. 종일 티브이 앞에 앉아 채널을 돌렸다. 냉장고 돌아가는 소리와 시곗바늘이 움직이는 소리가 들렸다. 이 정적이 거짓말이었으면 좋겠다고 생각했다. 때마침 케이블 채널에서 「아비정전」을 방영했다. 장국영이 죽던 해, 왜 그리도 많은 사람이 안타까워했는가. 영화가 끝나자 그의 죽음이 십 년이 넘는 세월을 거슬러 올라와 내게 도착했다.

장국영을 만난 날

홍콩 관광청에서 제작하는 홍콩 가이드북 취재를 맡았다. 십사 일 동안 머물 숙소를 예약하고 취재지를 정했다. 숙소는 프린스 에드워드역 근처에 잡아두었다. 별다른 이유는 없었다. 쉬는 시간만큼은 조용한 공간이었으면 했고, 결정적으로 도심지와 거리가 멀어 숙박비가 저렴했다. 역에서부터 십 분 정도 걸으면 나오는 허름한 호텔이었다. 방에는 침대를 빼면 딱히 앉을 공간이 없었다. 금연이라는 안내문이 붙어 있었고, 티브이 테이블에는 재떨이가 놓여 있었다.

작은 창문을 열면 옆 건물 벽이 보였다.

아래층에는 함께 출장하러 온 사진가가 묵었다.

[조금 쉬었다가 두 시간 후에 로비에서 만나요.]

문자메시지를 남겨놓고 잠이 들고 말았다. 우리는 세 시간 뒤에 로비에서 만났다.

"어디부터 갈까요?"

"가까운 침사추이Tsim Sha Tsui 먼저 가죠."

이곳에 오기 전 몇 편의 홍콩 영화를 봤다. 별다른 이야깃거리가 없으면 영화 이야기라도 늘어놓을 심산이었다. 대체로「영웅본색」이나,「무간도」같은 누아르 영화였다. 침사추이에 도착하자 2002년에 개봉한「무간도」가 지금 우리가 알고 있는 홍콩과 가장 많이 닮아 있다는 걸 알 수 있었다. 높은 빌딩과 촘촘한 가게, 발 디딜 틈 없는 거리까지 모두 영화 속 장면을 그대로 옮겨놓은 듯했다.

침사추이 안에 있는 몽콕 거리를 걸었다. 후이 라우 샨이라는 가게에서 밀크티를 샀다. 홍콩 영화에는 자주 밀크티가 등장했다.「무간도」에서도 주인공 유건명(유덕화)이 밀크티를 주문하는 장면을 본 적이 있다. 그때부터 밀크티를 들고 침사추이 거리를 활보하는 같잖은 로망이 생겼다.

밀크티를 마시며 걸었다. 유건명이 된 것 같았다. 「영웅본색」을 로망으로 삼지 않은 것이 천만다행이었다. 그랬다면 이쑤시개를 입에 물고 다녔으리라.

홍콩 곳곳을 여행하며 자주 영화의 장면들을 떠올리곤 했다. 취재가 없는 시간에 종종 항구에 갔다. 「영웅본색」 시리즈에서 장국영이 처음 등장하는 곳은 바다 앞이다. 1970년대 배경 영화이기에 풍경은 지금과 달랐다. 여전한 것은 바다뿐이었다. 항구를 따라 걸으며 상상했다. 하얀 미소를 지으며 형에게 뛰어오는 「영웅본색」의 송아걸(장국영)이 보였다. 홍콩예술관 앞에 있는 작은 항구였다. 거기서 다시 장국영을 만났다.

송아걸이 뛰어오는 장면은 슬로우 모션이었다. 화면에 오래 아걸의 얼굴이 잡혔다. 아름다운 사람이라 생각했다. 환하게 웃는 아걸의 눈에서 알 수 없는 슬픔을 보았다. 그 눈빛이 장국영이란 배우를 내게 각인시킨 것이다. 이 아름다운 인간은 왜 스스로 허공에 몸을 던졌는가. 무엇이 그를 아무것도 없는 하늘로 뛰어들게 했는가.

만다린 오리엔탈 호텔

장국영은 홍콩의 부유한 가정에서 십 남매 가운데 막내로 태어났다. 흔히들 막내라고 하면 부모의 사랑을 듬뿍 받았을 거라고 속단하기 쉽다. 그러나 실상은 그렇지 못했다. 장국영이 태어나기 전 그의 아홉째 형이 세상을 떠난다. 장국영은 아홉째 형과 생일이 같았다. 그래서인지 그의 부모는 아홉째가 장국영으로 환생했다고 믿었다고 한다. 그는 아홉째의 환생으로 어린 시절을 보내야 했다.

그의 아버지는 장국영이 평범한 엘리트가 되길 바랐다. 연기자가 되겠다는 장국영과 아버지는 자주 다툼을 벌였다. 그는 영국에서 유학하던 시절이 인생에서 가장 편안한 순간이라고 회상한다. 그래서일까. 홍콩에 돌아온 장국영은 한 집에 오래 머무는 일이 없었다. 무언가에 쫓기는 사람처럼 이사하기 바빴다. 차로 몇 시간이면 다 돌아볼 수 있는 이 작은 섬에서 수없이 도망을 다닌 것이다. 그의 마지막 집은 홍콩의 만다린 오리엔탈 호텔이었다.

그는 홍콩에서 태어났고, 가장 오랜 시간을 홍콩에서 보냈다. 하지만 생의 마지막 순간까지 도시에 발을 붙이지 못했다. 홍콩은 떠날 수도, 머물 수도 없는 곳이었다. 그는 도시를 비행하며 생을 마감했다. 마지막 비행飛行. 그것은 어쩌면 처음부터 자신을 받아주지 않았던 부모와 그들의 도시 홍콩에 보란 듯이 저지른 비행非行이었을지도 모르겠다.

사진가와 동행하지 않는 날이었다. 홍콩 만다린 오리엔탈 호텔로 향했다. 도심 한복판에 있는 호텔이었다. 장국영은 이 호텔 이십사 층에서 떨어졌다. 만우절이었다. 2003년 4월 1일 장국영이 죽었다는 뉴스가 보도됐다. 부모님은 적잖이 놀란 표정을 하고 있었다. 만다린 오리엔탈 호텔 앞에 선 순간, 그제야 2003년으로 돌아간 것이다. 늦은 후회였다. 2003년에 충분히 슬퍼하지 않은 일이 내내 마음에 걸렸다. 이제 와서 눈물을 흘린다면 그야말로 망측한 일이다.

장국영의 죽음을 처음 마주한 건 영화에서였다. 「영웅본색 2」의 막바지. 총에 맞은 아걸이 공중전화 부스에서 아내와 마지막 통화를 한 뒤 퀸 메리 병원으로 이송된다. 다음 장면은 아걸의 영정사진이었다. 장국영의 연기 역사에서 처음 등장하는 장례식 장면이었다. 2003년 장국영이 떨어진 날, 그를 태운 구급차가 퀸 메리 병원에 도착한다. 영화가 아니었다. 다음 장면은 부고. 만약 「영웅본색 2」에서 퀸 메리 병원에 실려 간 아걸이 극적으로 살았더라면, 그랬더라면 현실의 결말도 달라졌을까. 그가 죽은 지 십 년이 훌쩍 지난 후에야 하는 괴상한 상상이었다.

호텔 앞 도로는 차로 가득 찼다. 퇴근 시간이었다. 날이 어두워지고 빌딩에 불이 켜지기 시작했다. 일을 마치고 돌아가는 사람들이 옆을 스쳐 지났다. 나와 멀리 있는 사람들. 그들의 삶과 죽음은 내가 알지 못할 이야기다.

백십팔 층

침사추이 항구에서 밤마다 불빛 쇼가 펼쳐졌다. 심포니 오브 라이트. 바다 건너편 빌딩에서 나는 빛이 음악에 맞춰 넘실거렸다. 그야말로 장관이었다. 내 앞에는 목마를 탄 아이가 있었다. 그의 아버지는 키가 190센티미터는 되어 보였다. 그야말로 VIP석이다. 물론 아이는 정작 불빛 쇼에는 그다지 관심을 두지 않는 듯했다. 아버지 머리카락을 만지며 노는 게 훨씬 즐거워 보였다. 아마 미래에도 아이는 화려한 불빛보다 아버지 등에서 나는 냄새와 온기를 더 오래 기억할 테다. 그 순간 기억해야 할 가장 중요한 감각이 무엇인지 알고 있는 건 어쩌면 아이밖에 없었을지도 모르겠다.

도시 빌딩 전체가 하나의 음률에 맞춰 빛을 냈다. 빛으로 만든 길은 분명 직선이었으나 여러 갈래 빛이 엮이는 순간 마치 파도처럼 울렁거렸다. 이 쇼를 조금 더 가까이서 보기 위해 사람들이 옹기종기 바다 앞으로 모였다. 발 디딜 틈이 없어졌다. 쇼가 끝날 때까지 꼼짝도 못 하게 되었다. 사진가는 이미 필요한 만큼 셔터를 누른 듯했다. 얼른 자리를 옮겨 시원하고 편안한 의자에 앉고 싶은 마음뿐이었다. 불빛은 도시를 비췄으나 빌딩 안에 누가 사는지 당최 알 수 없었다.

쇼가 끝나고 리츠 칼튼 호텔 백십팔 층에 있는 고급 바 오존OZONE으로 향했다. 이곳을 취재하기만을 종일 기다렸다. 초고층 빌딩 꼭대기에 앉아 한 잔에 몇만 원씩 하는 술을 마시는 기분은 어떤 것일까. 취재가 아니라면 절대 넘보지 못할 문화라고 생각했다. 호텔 로비에서 오존으로 직행하는 엘리베이터를 탔다. 백십팔 층이란 경험해보지 못한 높이다. 엘리베이터는 쾌속으로 꼭대기로 향했다. 가슴이 웅장해졌고 층수가 올라갈수록 귀가 먹먹해졌다. 종일 돌아다닐 것을 알면서도 불편한 면바지에 더운 남방을 입고 온 건 오직 이 시간을 위해서였다.

홍콩이 한눈에 들어오는 창가에 자리 잡았다. 무수한 고층 빌딩이 발아래 펼쳐졌다. 샹그리아 한 잔을 시키자 기본 안주로 트러플 오일이 들어간 팝콘이 나왔다. 사진가는 전망이 잘 보이는 곳에 술잔을 놓고 사진을 찍었다. 트러플 오일이 들어간 팝콘은 찍지 않았다. 사진에는 트러플 오일이 보이지 않으니까. 여행 사진이란 눈으로 보이는 것이 있어야 의미가 있는 법이다. 술 한 잔을 들이켜고 오래 도시의 불빛을 바라보았다.

가만히 앉아 난쟁이가 되어버린 빌딩들을 감상했다. 백십팔 층에 비하면 이십사 층은 그리 높지도 않았다. 종종 여행 기사를 쓰고 나면 허무함이 밀려들었다. 내가 사는 삶은 언제나 빛나지 않고, 매일이 아름답지는 않지만, 원고지 위에서 나는 더할 나위 없이 행복한 여행을 하고 있어야 했다. 이곳에서 내가 해야 할 일은 여행의 기쁨을 만끽하는 것이다. 우리가 보여주어야 할 모습은 삶이 아니라 삶의 한쪽에 있는 예쁜 포장지들이었다. 백십팔 층에서는 집요하게 아래를 노려보아도 사람은 보이지 않았다.

홍콩에서 어깨를 비비며 지나친 숱한 삶이 저 아래 어딘가에 살고 있었다. 이곳에 오기 전 나는 장국영에 관한 특집 기사를 썼다. 열네 살의 나는 죽음에 관해 미처 생각하지 못했다. 스물아홉 살의 나는 죽음에 관해 쓰지 않는 사람이 되어 있었다. 아니, 장국영의 죽음만 쓸 수 있었다. 무수한 삶과 죽음을 알지 못했다. 그것은 이름 모를 죄책감이었다.

•

타코 리브레!

멕시코시티

길에서 태어난 음식

멕시코시티 공항에서 시내로 들어가는 길은 왕복 8차선이 넘는 커다란 도로였다. 빨간 불이 들어오고 차들이 멈췄다. 그러자 어디선가 사람들이 도로로 뛰어들었다. 한 손에는 작은 페트병을 들고 다른 한 손에는 걸레 같은 것을 쥐고 있었다. 다짜고짜 차 앞 유리에 액체를 부었다. 뽀드득하는 소리가 날 때까지 걸레로 유리를 닦았다. 손 하나가 겨우 빠져나갈 만큼 차 창문을 열어 5페소짜리 동전 두어 개를 유리를 닦은 사람에게 건넸다. 이 도시의 빈민들. 멕시코인 친구 K는 이들이 마야와 아즈텍의 후예라고 했다. 이 땅에 가장 오래 뿌리 내린 사람들이 도로 위에서 자동차 유리를 닦아냈다. 종종 유리를 닦아도 창문을 내리지 않는 운전자도 있었다. 파란불이 들어오자 차들이 달리기 시작했다. 파란불이 켜지면 유리를 닦는 사람들에게 선택권은 없었다. 돈을 달라고 요구할 시간은 주어지지 않는다. 모두가 익숙한 장면이었다. 이 도로에서 선택권은 오직 운전자에게 있다.

"멕시코시티에서 가장 맛있는 타코 집을 추천해줄 수 있어요?"

"타코는 길에서 태어난 음식이에요. 진짜 타코를 맛보고 싶다면 길거리에서 먹는 게 좋아요."

다음날 길거리 노점에서 타코를 사 먹었다. 타코는 종류가 다양한 요리다. 돼지고기 타코는 엘 파스토르el Pastor, 소 살코기 타코는 까르니따스Carnitas가 있다. 하지만, 이 두 가지 타코는 입문 수준에 불과하다. 돼지고기 내장이 들어가는 트리파Tripa, 소의 혀로 만드는 렝구아Lengua, 소의 볼살로 만드는 메히야Mejilla, 최종적으로는 소의 눈으로 만드는 오호Ojo 타코가 있다.

타코의 종류가 다양한 데에는 역사적인 이유가 있다. 소는 유럽인들이 멕시코 땅을 정복하고 나서 들여온 외래 종이다. 스페인 식민지 시절 멕시코 선주민들은 가난한 계급이 됐다. 선주민들은 스페인 사람들이 먹지 않는 부위로 음식을 만들어 먹었는데, 주로 소의 머리 고기와 내장이었다. 지금이야 별미지만, 실상은 궁여지책으로 만든 요리인 셈이다.

트리파 타코의 이름이 낯설지 않았다. 언젠가 이탈리 아 음식에 관한 원고를 쓴 적이 있다. 트리파라는 로마식 소 내장 요리에 관한 이야기였다. 이탈리아식 트리파를 만 드는 과정은 이렇다. 소의 내장을 찬물에 불려 불순물을 빼 주어야 한다. 다음에는 끓는 소금물에 담가 삶아 비린내를 제거하고, 팬에 올리브유와 야채, 화이트 와인, 토마토소스 를 넣어 함께 볶아낸다. 만드는 과정만 놓고 보면 그리 특 별한 음식은 아니다. 전형적인 이탈리아 요리법을 사용하 고 있고, 접시에 담아낸 모양새도 여느 이탈리아 음식과 크 게 다르지 않다.

이탈리아식 트리파의 역사는 로마 제국 시절로 거슬 러 올라간다. 로마 제국은 부와 명성을 모두 가진 나라였 다. 로마의 부자들은 매일 저녁 수십 가지의 음식이 차려진 만찬을 즐겼다. 식탁에 차려진 음식의 질과 양은 부와 권력 의 상징이었다. 반면, 로마에 살지만 로마인으로 인정받지 못하던 사람들도 있었다. 로마에 노예로 팔려 온 사람들, 이민자들, 그러니까 로마에 사는 이방인이었다. 당시 로마에서는 로마 시민권의 유무가 삶의 질을 결정했다. 시민권자에게는 투표권, 공직에 나갈 권리, 로마 정규군에 지원할 수 있는 권리, 면세권, 재산권 등을 줬다(세금은 당시 식민지 국가에서 걷었기 때문에 로마 시민들에게 세금을 낼 의무를 부여하지 않았다). 로마에 사는 이방인들은 세금을 내면서도 정치에 참여할 수 없는 사람들이었다. 그러니 로마에서 이방인의 사정이 좋을 리 없었다.

시민권이 없는 이방인은 빈곤층이 됐다. 당시 일용직 노동자의 하루 임금이 1달란트(로마 화폐 단위) 정도였는데, 하루치 방세가 평균 1달란트였다. 가난하다고 아무거나 먹을 수는 없는 노릇이었다. 그렇다고 좋은 재료로 음식을 만들어 먹을 수도 없었다. 로마의 이방인들은 버려지는 부위인 소 내장을 싼값에 샀다. 그러고는 가장 로마다운 조리법으로 음식을 만들었다. 그렇게 만들어진 요리가 트리파다. 비록 재료는 버려진 소 내장이지만, 조리 방법만큼은 로마식으로 함으로써 자신이 로마인과 같은 권리를 부여받아 마땅한 인간임을 스스로 확인했다.

멕시코식 트리파와 이탈리아식 트리파는 완전히 다른 형태다. 이름은 같지만 요리하는 방식이나 먹는 방법이 다르다. 두 개의 음식이 자리 잡은 위치도 달라졌다. 멕시코 트리파는 거리 음식으로 남았고, 이탈리아 트리파는 고급 음식이 됐다. 멕시코시티의 노점에 앉아 트리파 타코를 주문했다. 기름에 구운 내장에 소금 간이 되어 있었다. 고수와 함께 토르티야에 싸서 한 입 베어 물었다. 토르티야도 가게마다 조금씩 다르게 요리한다. 일반적으로 미리 구워 놓은 토르티야를 식혀서 내는데, 어떤 노점은 토르티야를 고기 기름에 살짝 구워낸다. 기호에 따라 토르티야를 바싹하게 구워주기도 한다. 나는 살짝 구워 야들야들하고 따뜻한 토르티야에 싸 먹는 타코를 선호했다.

두 가지 선택

인간다운 삶이었다. 누군가 살기 위해 고안한 음식을 먹고, 토르티야의 굽기를 정하고, 살사 소스도 종류별로 찍어 먹는다는 것. 선택할 수 있는 것이 많다는 건 곧 인간다운 삶이라 생각했다. 이 생각은 이십 대 초반 편의점 아르바이트를 하며 혼자 정리한 것이었다.

삼각김밥 두어 개를 프라이팬에 올린다. 나무 주걱으로 팬 위의 김밥을 꾹꾹 눌러 풀어 헤친다. 모양을 알아볼 수 없을 만큼 밥알이 흩어지면 이리저리 휘젓는다. 밥알 타는 냄새가 날 무렵에 참기름을 한 바퀴 두르고 고추장을 약간 넣어 볶았다. 불을 세게 올리면 금세 연기가 난다. 완성이다. 삼각김밥 볶음밥은 편의점 아르바이트하던 시절 단골 저녁 메뉴였다. 저녁 여덟 시 정도였던 거 같다. 폐기 음식물이 나오는 시간. 한 시간 전부터 물건을 정리하며 생각한다. 오늘은 전주 비빔 스타일의 저녁을 먹겠구나. 날마다 먹고 싶은 삼각김밥이 생기면 진열대 뒤쪽으로 옮겨 놓았다. 오픈형 냉장고의 구석에는 저녁 식사 재료가 있었다.

저녁 아홉 시에 다음 사람과 교대했다. 십 분 정도는 두 사람이 함께 일한다. 한 사람은 계산대의 현금을 꺼내 돈을 세었다. 이전에 계산대에 들어 있던 돈의 액수를 맞추는 일이다. 액수가 모자라면 아르바이트생 돈으로 메꾸기도 했다. 주머니에 항상 백 원짜리 동전을 한 뭉텅이씩 들고 다녔다. 액수 맞추기가 끝나면 작은 사무실 옆 대형 냉장고에 넣어둔 유통기한이 지난 삼각김밥을 챙겨 편의점에서 나왔다. 초창기에는 일하는 시간에 몰래 폐기된 삼각김밥을 먹기도 했다. 입에 김밥을 오물거리며 손님을 맞이하는 일도 많았다. 편의점 계산대 위에 있는 CCTV 카메라가 단지 계산대의 돈을 지키기 위한 것이라고 생각했기 때문이다.

지점장에게 불려가 업무 태도가 나쁘다며 꾸지람을 듣기 전까지 몰래 하는 식사가 익숙했다. 어느 날 지점장이 CCTV 녹화 화면을 보여주며 말했다.

"폐기된 식품을 가져가서 먹는 건 괜찮아."

"네, 고맙습니다."

"하지만 업무 시간에 밥을 먹으면 안 되지."

"네, 죄송합니다."

"너에게 실망이야. 이 정도 사리 분별도 못 한다니."

"네, 죄송합니다."

사무실 바닥에 묻은 얼룩이 눈에 들어왔다.

"사회생활이란 게 쉬운 게 아니야."

"네."

바닥에 묻은 얼룩을 열댓 개쯤 세었다.

"네가 동생 같아서 하는 말이야."

그가 어깨를 툭툭 쳤다. 웃고 있었다.

"네."

고개를 들어 그를 보며 웃어 보였다.

"나중에 다 도움이 될 거야. 얼른 집에 가서 밥 먹어."

"네, 고맙습니다."

그때 나는 오늘은 전주 비빔 스타일 볶음밥을 먹겠다고 생각했다.

집에 돌아와 봉지를 열었다. 전주 비빔 삼각김밥이 없다. 매운 참치와 마요네즈에 버무린 참치가 들어간 삼각김밥뿐이었다. 하는 수 없지. 프라이팬에 두 종류의 참치 삼각김밥을 올렸다. 그날은 밥을 약간 태워서 먹었다.

숨어서 먹는 것보단 나았다. 잘 볶아진 밥은 그럴싸했다. 인간다움이란 건 별것 아닐지도 모른다. 제시간에 밥을 먹고, 먹고 싶은 음식을 고르는 일 따위의 작은 행동이 쌓이면 인간다운 일상이라고 부를 수 있겠다. 다 익은 볶음밥은 먹을 만큼 그릇에 옮겨 담았다. 참기름도 한 바퀴 둘렀다. 구운 김을 부숴서 올리고 마지막에는 통깨를 뿌렸다. 숟가락과 젓가락을 다소곳이 놓고 어머니가 준 밑반찬 몇 개를 밥 옆에 두었다. 밥상이 차려지면 티브이를 켜고 채널을 돌렸다. 마음에 드는 프로그램이 나오면 그제야 식사를 시작했다. 그때 내가 선택할 수 있었던 두 가지였다. 삼각김밥을 그대로 먹을 것인가, 프라이팬에 볶아 먹을 것인가 하는 문제와 어떤 프로그램을 보며 식사할 것인가 하는 문제였다.

몇 개의 장면

8백 원 남짓 하는 타코를 사 먹으며 토르티야 굽기를 정할수 있었다. 다음 타코를 주문했다. 이번엔 소 혀가 들어간 렝구아. 새로운 그릇에 고기가 담겼다. 갓 구운 토르티야에서 김이 모락모락 피었다. 노점 주인은 쉴 새 없이 토르티야를 굽고 있었다. 콜라도 한 병 시켰다.

　몇 그릇을 비웠을까. 왼팔에 팔찌를 여러 개 두른 아이가 곁에 다가왔다. 왼팔 팔꿈치 아래로는 맨살이 보이지 않았다. 아이가 열 손가락을 폈다. 팔찌 하나에 10페소라는 뜻이었다. 아이의 눈이 초롱초롱 빛났다. 기름 묻은 손을 주머니에 넣었다. 20페소를 꺼내 들어 팔찌 두 개를 샀다. 아이가 웃었다. 다음 타코를 시켰다. 이내 다른 아이가 팔찌를 들고 다가왔다. 단호한 표정을 하고 '노(No)'라고 말했다. 그러자 아이는 내게 팔찌를 팔았던 아이를 가리키며 투덜댔다.

주머니에 손을 넣었다. 동전 몇 개를 만졌다. 너무 작았다. 다 합쳐도 10페소가 되지 않는다는 걸 알 수 있었다. 동전이 반질반질했다. 바지 주머니에 얼룩이 생겼다. 기름때는 지워지지도 않는다. 마침 투덜대는 아이 앞에 미리 시켜둔 콜라 한 병이 놓였다. 상관없는 사람처럼 굴던 타코집 주인이 나섰다. 아이에게 큰 소리로 말했다. 나는 고개를 돌려 콜라를 들이켰다.

첫 번째 아이에게 산 팔찌를 팔에 두르고 노점을 나섰다. 미리 불러둔 우버 택시 기사가 나를 기다리고 있었다. 멕시코인 K는 절대 길가에서 택시를 잡아타지 말라고 신신당부했다. 시체가 되고 싶지 않으면 우버를 타세요. 주머니에 동전이 몇 개 남지 않았다. 곧장 K의 집으로 가는 우버 택시를 탔다. 도로변에는 선주민들이 빨간불이 들어오기만을 기다리고 있었다.

우버 택시 안에서 도로의 사람들을 마주할 때면 눈을 질끈 감았다. 금세 파란 불이 들어왔으므로.

•

밀라노의
백 년 객잔

밀라노

저글링

유산은 좋은 걸까. 밀라노의 숙소에서 화장실을 사용할 때마다 생각했다. 이십 인실에 화장실은 하나였다. 변기에는 커버가 없었고, 군데군데 녹이 슬어 있었다. 숙소의 겉모양은 번지르르했다. 카운터 직원이 말하기를 지어진 지 백 년이 다 된 건물이라고 했다. 정원이 있는 아파트였는데, 대문이 으리으리했다. 어림잡아 높이가 4미터는 되어 보였다. 내 방은 그 건물의 다락방이었다. 하룻밤에 2만 원 남짓했기 때문에 일주일이나 예약해놓은 터였다. 요금은 선불이었다.

밀라노에서 지낸 칠 일 중에 육 일은 비가 왔다. 구석에 있는 이층 침대 옆으로 물이 조금씩 새어들었다. 인도네시아에서 온 커플이 쓰는 침대였다. 내 침대 이 층은 폴란드인이 사용했다. 금발색 단발머리를 한 남자였다. 그는 박식했다. 말도 그만큼 많았다. 말하는 속도도 빨랐는데, 가끔은 생각을 입이 따라가지 못해 더듬거리기도 했다. 로마에서 온 이탈리아인과 논쟁을 벌인 일도 있었다. 주제는 이탈리아의 진정한 수도는 어디인가 하는 것이었다(이탈리아의 수도가 밀라노냐, 로마냐 하는 문제는 생각보다 격한 논쟁으로 이어지는 주제다). 논쟁은 폴란드인의 질문에서 출발했다.

"이탈리아의 수도는 어디라고 생각해?"

"당연히 로마가 수도지. 말이라고 하는 거야?"

"경제적으로 이탈리아를 먹여 살린 건 밀라노야."

"돈이 모든 걸 말해주지는 않아."

"하지만 밀라노의 산업이 없었으면 이탈리아는 사라졌을 거야. 역사적인 수도가 로마인 것에 동의하지만 경제적 수도는 밀라노가 분명해."

"수도는 둘로 나눌 수 없어. 이탈리아의 수도는 누가 뭐래도 로마야. 밀라노는 산업 도시일 뿐이지."

"너 이름이 뭐라고 했지?"

폴란드인이 뜬금없이 이름을 물었다.

"율리우스."

"어쩐지. 로마인다운 이름이군."

"나는 이탈리아 사람이야. 폴란드 사람이 뭘 알겠어!"

이탈리아인이 격앙된 목소리로 말하고는 자리를 박차고 일어나 어디론가 나가버렸다. 폴란드인이 내 쪽으로 고개를 돌렸다. 양쪽 어깨를 들썩이며 어리둥절한 표정을 지어 보였다. 그의 이름은 B였다.

"이탈리아 사람들은 고집이 너무 세서 탈이야."

"이탈리아 역사를 잘 아는 것 같던데, 어디서 그걸 배운 거야?"

"대학교에서 라틴어를 전공했어. 언어를 배우려면 역사를 알아야 하지."

"흥미로운 전공이네. 지금은 거의 쓰지 않는 라틴어라니. 그럼 지금은 어떤 일을 해?"

"거리에서 저글링 공연하며 살고 있어. 여기저기 떠돌아다니면서 말이야."

말이 끝나자마자 B는 저글링을 보여주겠다며 자리에서 일어났다. 저글링 공이 위층 가방에 있다고 했다. 계단을 올라가는 뒷모습이 영 어정쩡했다. 운동화 밑창이 달랑거렸다. 신발이 바닥에 닿을 때마다 소리가 두 번씩 났다. 타닥타닥. 말하는 속도와 달리 걸음걸이는 아주 느긋했다. 정확하게 표현하자면 틱, 쏙, 탁, 하는 소리가 났다.

저글링 공을 들고 온 B는 한 손으로 세 개의 공을 굴리기 시작했다. 공중에 공을 띄워놓고 오래 떨어뜨리지 않았다. 공을 이리저리 굴리며 저글링에 관해 설명하기도 했다. 말하며 저글링 할 수 있다는 걸 보여주고 싶은 듯했다. 마지막 공이 손에 들어오자 짧은 공연이 끝났다. 로비에 있던 사람들의 박수갈채가 쏟아졌다. 공연이 끝나자 구석에 있던 인도네시아 커플이 다가와 말을 걸었다. 그리하여 한 테이블에 나와 B, 인도네시아 커플까지 네 사람이 앉게 되었다.

신이 준 선물

인도네시아 커플은 먹고 있던 피자 두 판을 들고 왔다. 둘이 먹기에는 많아 보였다. 이들이 커다란 피자를 두 판이나 얻게 된 데에는 숨은 사연이 있었다. 두 사람은 무슬림이기 때문에 고기가 들어간 음식을 먹지 않았다. 피자 가게 직원이 실수로 베이컨이 들어간 피자를 준 것이다. 직원은 미안하다며 잘못 나온 피자도 필요하면 가져가도 좋다고 했단다. 고민하던 차에 같은 방에 묵는 여행자에게 나눠줄 요량으로 들고 오게 된 사연이다.

베이컨이 들어간 피자는 B와 내 몫이었다. 피자를 한 조각씩 나눠 들었다. 비가 많이 온 날이었다. 피자 상자 가장자리가 약간 젖어 있었다. 다행이야. 피자는 비에 젖지 않았어. 먼저 한 입 베어 먹은 B가 말했다. 피자 귀퉁이를 한 입 베어 물었다. 치즈가 뚝뚝 끊겼다. 도우는 약간 눅눅했지만 그런대로 먹을 만했다. B는 공짜 피자라는 것에 큰 의미를 두었다. 그는 값싼 여행이야말로 진짜 여행이라며 입을 열었다.

B는 가보지 않은 곳이 없었다. 한국과 일본도 두어 번 다녀왔다고 했다. 그는 항공사의 프로모션이나 실수를 활용했다. 밀라노에 오게 된 것도 어느 항공사의 실수 덕분이라고 했다. 도쿄에 머무르며 다른 나라에 갈 준비를 하고 있었는데, 때마침 20만 원도 안 되는 밀라노행 편도 항공권이 나왔단다. 도쿄에서 밀라노까지 오는 비행기가 단돈 20만 원이라니. 일의 발단은 방에 누워 여러 항공사 웹사이트를 뒤적거리던 시간으로 거슬러 올라간다. 도쿄의 친구 집에서 일주일을 머물던 B는 본래 한국에 가고 싶었다.

도쿄에서 일주일 동안 한국행 항공권 프로모션을 기다린 것이다. 매일 웹사이트를 뒤졌는데, 좋은 항공권이 여간 나오지 않았다. 그사이 인터넷에 이탈리아행 항공권 프로모션 광고가 뜬 거다. 무심결에 클릭했고 거기서 밀라노행 항공권이 단돈 20만 원이라는 사실을 알게 됐다. B의 표현을 빌리자면, 신이 그를 다시 유럽으로 불렀다. 그 자리에서 비행기 티켓을 사고 짐을 쌌다.

20만 원짜리 신의 부름은 사실 항공사 직원의 실수였다. 항공사 직원이 금액을 잘못 올렸고 삼십 분 만에 철회했는데, 그사이 B가 티켓을 사버린 것이다. 이미 결제가 끝나 무를 수 없었단다. 그리하여 B는 내가 이 게스트하우스에 들어오기 전날 밀라노에 오게 됐다. 그는 여행하며 돈을 얼마나 쓰지 않았는가 하는 일을 자랑스럽게 늘어놓았다. 언젠가 한국에 온 적이 있는데, 값싼 티켓은 삼 일짜리 왕복 티켓이었고 하늘 위에서 보낸 시간을 빼면 하루 반나절 정도 서울에 머문 적도 있다. 그것도 여행이라고 했다.

인도네시아 커플은 B와 생각이 비슷했다. 두 사람 역시 돈을 쓰지 않는 여행에 관하여 이런저런 에피소드를 꺼내놓았다. 가장 싼 방에 묵는 사람들이니 그럴 만도 했다.

나도 그중 하나였지만, 달리 내세울 만한 에피소드는 없어 고개만 연신 끄덕였다. 인도네시아 커플은 공짜 피자를 놓고 신이 주신 선물이라고 했다. B는 그 말에 격하게 동조했다. 이들에게 신이란, 가난인 건가. 아니면, 가난이 주는 우연인 건가. 뭐, 그런 생각이 들었다.

간밤의 일들

폭우가 쏟아지던 날 밤 나는 아주 사적인 광경을 목격하고 말았다. 가난한 여행자들은 어떻게 사랑을 나누는가. 낡은 천장에 빗방울이 부딪힐 때마다 방 전체가 울렸다. 문득 물이 새던 인도네시아 커플 침대가 생각났다. 역시나 벽 모서리에서 물이 새고 있었다. 그 옆에 붙은 침대가 격하게 흔들리는 것이 보였다. 두 사람이 윗옷을 벗은 채 뒤엉켜 있었다. 숨소리가 거칠었지만 소리를 내지 않기 위해 서로 입을 막고 있었다. 다행히 빗소리가 크게 들려서 다른 사람들은 눈치채지 못한 듯했다. 빗소리가 울리는 밤을 기다리고 있었을지도 모른다. 여러 가지 소리를 구별하기 어려울 만큼 시끄러운 밤이었다.

언젠가 공원에서 작은 새를 본 적이 있는데, 새를 본 이후부터 공원 가득 새소리가 난다는 걸 알게 됐다. 인도네시아 커플의 침대에서 벌어지는 일에 관해 알게 되었고, 몇 개의 소리를 구별할 수 있었다. 이건 빗소리고, 저건 숨소리, 다른 건 침대가 삐걱대는 소리다. 이어폰을 귀에 꽂았다. 소리를 구별하게 된 순간부터 신경이 쓰여 도무지 잠이 오지 않았다.

그날 새벽에는 악몽을 꾸었다. 천장이 무너지는 꿈이었다. 아침에 일어나니 티브이에서 재난 뉴스가 한창이었다. 간밤에 지진이 났다. 밀라노에서 100킬로미터 떨어진 지역에서 난, 지난 백 년 사이 가장 큰 지진이었다. 수많은 문화유산이 무너졌다. 뉴스를 전하는 기자 옆에서 많은 사람이 주저앉아 울고 있었다. 지진 피해가 엄청나게 컸다. 오래된 건물이 지진에 약해 무너져버렸기 때문이라고 했다.

밀라노에는 여전히 비가 오고 있었다. 어젯밤 밀라노도 제법 크게 흔들렸다고 했다. 지난밤에 나는 현실과 꿈 사이에서 무언가 느끼고 있었던 것이다. 뉴스를 들은 뒤 백 년이나 된 이 늙은 아파트가 무너지지 않았다는 사실에 안도했다.

아침 풍경은 어제와 다르지 않았다. 더러운 화장실 앞에 사람들이 줄을 서 있었다. 스무 명이 쓰는 방에 화장실이 달랑 하나 있으니, 줄을 서는 건 당연한 일이었다. 내 차례가 돌아왔다. 화장실에서 고약한 냄새가 났다. 살아 있다는 건 어쩌면 고약한 일이겠구나.

낮부터 비가 그쳤다. 더는 비가 오지 않는다고 했다. 다른 도시로 가는 날이었다. 밀라노의 맑은 하늘은 다음에 보기로 했다. 짐을 싸서 게스트하우스를 나왔다. B와 인도네시아 커플이 문 앞까지 배웅해주었다. 가볍게 포옹을 나눴다. 돌아서서 거대한 대문을 힘껏 밀었다. 다음 목적지는 이탈리아 북부 작은 도시 크레모나Cremona였다.

문을 열고 나와 길을 나섰다. 이제 나는 어디로 가야 하지? 크레모나로 가야지. 크레모나에 왜 가야 하지? 배낭 안에 질문이 잔뜩 들어찬 모양이었다. 밀라노에서 지낸 일주일 동안 무언가 잃어버린 게 분명했다. 살아야 하는 이유, 어젯밤 지진에서 살아남은 이유, 가난하게 떠돌아다니는 이유, 멋있어야 하는 이유, 사랑받아야 할 이유, 사랑할 이유.

　아무 답도 얻지 못했다. 단지 앞으로 나아가야 했다. 크레모나로 가는 것밖에 할 수 있는 일이 없었다.

•

발아래서
빛나는 별

르아브르

담배 피우는 남자

르아브르Le Havre의 하늘은 자주 흐렸다. 하루에 두세 번씩 비가 내렸다. 먹구름이 몰려왔다가 금세 개는 일이 잦았다. 이곳 사람들은 어지간하면 우산을 펴지 않았다. 대신 빗방울이 굵어지면 가까운 건물 아래로 들어갔다. 맑았던 하늘이 순식간에 검게 변했다. 비가 오기 시작했다. 나는 곧장 건물 아래로 뛰어 들어갔고, 그곳에서 한 남자를 만났다. 옷은 이미 다 젖어 있었다. 남자는 안경을 벗어 젖은 셔츠에 문질렀다. 겉옷에 맺힌 빗방울을 툭툭 털고 하늘을 물끄러미 바라보고 있었다.

말끔한 검정 코트에 머플러를 두른 남자였다. 젖은 담배를 엄지와 검지로 잡고 있었다. 담배를 피우는 도중에 비를 맞은 듯했다. 주머니에서 새 담배 한 개비를 꺼내 불을 붙였다. 담배 연기가 떨어지는 빗방울 사이로 올라갔다. 이윽고 남자가 말문을 열었다.

"오늘은 비가 제법 길게 오네요."

"이 도시는 비가 정말 자주 오네요."

"르아브르에는 여행 온 건가요?"

"저는 여행 잡지 기자예요. 출장을 온 셈이죠."

"오호, 여행이 일이라니, 멋지네요."

"여행이 일이 되면, 비를 원망하게 돼요."

"왜죠? 비에 관해 기사를 쓰면 되는 것 아닙니까?"

"비 오는 날을 좋아하는 사람은 많아요. 하지만 맑은 날씨의 여행지를 보고 싶어 하는 사람이 조금 더 많죠."

"재밌는 일이죠. 비는 좋은 거예요. 나무와 풀을 자라게 하죠. 하지만 우리는 비를 피해요. 일상에서는 거추장스러운 것이 되거든요."

남자는 담배 연기를 뻐끔 내뿜으며 말했다.

"그러네요. 사실 나도 한창 짜증을 부리고 있었어요. 얼른 좋은 기삿거리를 찾아야 하는데 비가 오니 여기저기 돌아다닐 수 없게 되었으니까요."

"이곳은 비가 오지 않는 날이 드물어요. 비가 와서 유채꽃이 잘 자라죠. 노르망디 카놀라유가 유명하다는 거 알고 있나요?"

"오, 몰랐습니다. 그저 노르망디 상륙작전만 머릿속에 채워 넣고 왔죠."

"많이들 그렇죠. 워낙 유명한 일이니까요. 하지만 진짜 노르망디는 비가 자주 오고 유채꽃이 피는 곳이에요. 이건 수십 년 전 일이 아니라 지금 벌어지고 있는 일들이죠. 사람들은 지나간 일에 의미 부여해요. 마치 더 대단한 일이었던 것처럼 말이죠. 그러니 안심하세요. 지금 이곳에 나치는 없어요."

"지금 하늘에서 떨어지는 게 폭탄이 아니라 빗방울이어서 다행이네요."

"폭탄은 생명을 죽이지만 비는 생명을 자라게 해요. 폭탄은 돈을 주고 만들지만 비는 그냥 얻는 것이죠. 우리는 값없는 것들이 얼마나 소중한지 잊고 살아요. 거저 얻은 것은 하찮게 보는 이상한 습관이 생겼죠."

"지금 한 말을 내 글에 사용해도 될까요?"

"저야 영광이죠. 이름을 적을 필요는 없어요. 담배 피우는 남자로 소개해주겠어요? 지금 이 순간의 나를 그대로 소개해주면 좋겠어요."

남자의 말이 끝나자 빗방울이 얇아졌다.

"꼭 그렇게 할게요. 덕분에 쓸 만한 것들이 떠올랐어요. 고맙습니다."

"너무 걱정하지 마세요. 비는 금세 지나갈 거예요. 아쉬워하지도 마세요. 얼마 뒤에 비가 또 올 거니까요."

남자는 잠시 하늘을 물끄러미 쳐다보며 말했다. 비가 거의 그쳐가고 있었다.

얼마 후 거짓말처럼 날이 맑아졌다. 비가 그쳤다는 표현보다 맑아졌다는 말이 더 잘 어울린다. 멀리서부터 하늘이 천천히 개었다. 햇빛이 들기 시작하면서 빗방울이 점점 얇아졌다. 남자는 조금씩 맑아지는 먼 하늘을 보고 있었던 거다. 비가 다 그치기도 전에 남자가 걸음을 옮겼다. 담배를 입에 물고 내 어깨를 툭 쳤다. 이 도시 잘 소개해줘요. 짧은 인사를 남긴 뒤, 그는 긴 다리로 성큼성큼 걸어갔다. 급한 발걸음이었지만 귀신같이 물웅덩이는 피했다. 남자가 지나간 자리마다 빗방울이 튀어 올랐다. 비를 머금은 돌이 햇빛을 받아 반짝이고 있었다. 건물 안에 있던 사람들이 하나둘 광장으로 쏟아져 나왔다. 멈추었다 다시 시작하는 일이 익숙해 보였다.

어둠 속에 머무는 연습

르아브르 시내로 들어가니 콘크리트 아파트가 정갈하게 늘어서 있었다. 아파트가 세상에서 가장 못생긴 주거 공간이라 생각했다. 수백 가구가 같은 모양의 집에서 산다니. 개성이라고는 찾아보기 힘든 건축물이다. 파리나 로마가 아름다운 건 각기 다른 모양의 건축물이 나란하게 서 있기 때문이라고 여겼다. 점심을 먹은 뒤 프랑스 관광청에서 나온 가이드와 만나기로 했다.

약속 장소에 가이드가 먼저 나와 있었다. 백발의 노인이었다. 밝은색 스웨터를 입고 책 한 권을 들고 있었다. 꼿꼿하게 서 있는 자세와 멋스럽게 구부러진 안경테가 눈에 들어왔다. 지적인 분위기가 물씬 풍기는 사람이었다. 영어가 능숙하지 않았으므로 거의 모든 말은 통역사를 거쳤다. 가끔 공식적인 지역 안내가 아닌, 개인적인 생각을 전달할 때면 서툰 영어로 짧은 문장 한두 개를 만들었다.

가이드는 우리를 성 요셉 교회로 데려갔다. 르아브르 어디를 가도 보이는 높은 탑이 있는 교회였다. 문 위에 작은 십자가가 달려 있었다. 웅장한 건물 크기에 비해 터무니

없이 작은 십자가였다. 외벽에는 형형색색 장식물이 붙어 있었다. 이슬람 사원에서 본 문양과 비슷했다. 가이드는 이 교회가 프랑스 건축가 오귀스트 페레Auguste Perret의 대표작이라고 했다. 그는 문을 열고 교회 안으로 안내했다.

거대한 공간에 조각 빛이 스미는 공간. 장식이라고 생각했던 조각은 실은 창문이다. 아주 작게 난 창문 틈으로 빛이 새어 들어왔다. 강단 쪽으로 갈수록 빛이 드는 자리가 많아졌다. 강단 앞쪽 천장은 밖에서 보았던 탑과 연결되어 있었다. 높이 솟은 탑을 작은 창이 둘러싸고 있다. 빛이 드나드는 길이 보였다. 일반적인 교회에서 볼 수 있는 성화나 십자가는 많지 않고, 빛과 어둠만 교회 안에 가득했다.

오귀스트 페레는 일부러 십자가를 크게 만들어놓지 않았다. 종교와 상관없이 누구나 들어와서 기도하는 장소를 만들고 싶었다고. 교회라는 이름이 붙어 있지만, 정확하게 말하면 기도하는 공간이었다. 가장 어두운 구석에 몇몇 사람이 앉아 있었다. 성호를 긋기도 하고, 두 손을 모으기도 했다. 무엇을 말하고 있을까.

성 요셉 교회 창으로 여러 갈래 빛이 드나들었고, 해가 떠 있는 방향에 따라 어두운 부분이 밝아지거나, 밝은 부분이 어두워졌다. 누군가의 기도가 깊고 높은 탑 안에서 공명했다. 성 요셉 교회를 나오며 가이드가 몇 개의 영어 단어를 조합하여 말했다.

"Pray… Practice… Stay… In The Dark(기도는 어둠 속에 머무는 연습을 하는 거예요)."

그늘 아래에서

르아브르에 아파트가 많은 건 전쟁 때문이다. 제2차 세계대전이 끝나갈 무렵 이곳은 독일군 최후의 점령지였다. 노르망디 상륙작전에 성공한 연합군은 르아브르의 독일군을 말살하기 위해 위험한 계획을 세운다. 도시 전체를 폭파하는 것. 1944년 9월 5일 이 끔찍한 계획을 실행에 옮겼다. 연합군의 폭격이 이어졌고, 폭탄이 비처럼 내렸다. 르아브르에 남아 있던 민간인의 피해는 불가피했다. 작전은 성공했다. 도시의 80퍼센트가 폭파됐다. 만이천 가구가 불구덩이 아래 묻혔다.

전쟁 이후 프랑스 정부는 살아남은 르아브르의 민간

인 팔만여 명이 살아갈 도시를 재건해야 했다. 그때 정부에서 도움을 요청한 건축가가 오귀스트 페레였다. 콘크리트를 사용한 근대적인 건축 양식을 지향하는 건축가였다. 당장 집이 필요한 사람들에게 중요한 건 속도였고, 콘크리트 건축이 제격이었다. 오귀스트 페레와 백 명의 건축가가 모여 르아브르에 아파트를 세우기 시작했다.

가이드는 아파트 모델 하우스로 길을 안내했다. 모델 하우스가 있는 아파트 앞에 서서 설명을 시작했다. 이 아파트의 특징은 집 문이 모두 같은 모양이라는 겁니다. 세계대전이 일어나기 전에는 문의 모양으로 계층을 알 수 있었다고 했다. 건축가는 눈에 보이는 계층 구분을 없애려고 했단다. 개성 없는 문을 열고 들어갔다. 나무로 만든 소박한 가구들이 눈에 들어왔다. 오귀스트 페레는 가구 대량 생산을 위해 집 구조에 맞는 사이즈의 가구를 직접 제안했다. 화려한 장식은 없었다.

의자에 잠시 앉았다. 가이드가 설명을 마치며 말했다.

"Equality… Most Beautiful… In The World?(평등만큼 아름다운 것이 있을까요?)"

투어를 마치자 비가 내렸다. 곧 지나가겠지. 비가 올때는 먼 하늘을 보면 된다. 오전에 만난 남자에게 배웠다. 르아브르에 폭탄이 비처럼 쏟아지는 날에도 그저 먼 하늘을 보며 이 시간이 지나가기만 하염없이 기다렸을 테다. 아주 긴 어둠 속에 머무르며 먼 곳에서부터 천천히 다가오는 맑은 하늘을 바라보며. 금세 비가 그쳤다. 돌로 만든 광장에 햇빛이 드리웠다. 빛이 닿은 돌바닥이 밤하늘 별처럼 반짝였다. 가끔 잊어버리는 사실이 있다. 어두운 밤 별을 보려고 고개를 뒤로 젖힐 때마다 문득 깨닫는다. 내가 밟고 있는 지구도 은하계의 무수한 별 가운데 하나라는 사실. 사람이란 쉽게 얻은 것에는 관심을 두지 않는 법이다.

맑은 하늘이 찾아오면 비를 피해 서 있던 건물 아래만 비 갠 르아브르에서 유일하게 어두운 공간이었다. 몇 시간 뒤에 또 비가 왔다. 다시 사람들이 그늘 아래로 하나둘 뛰어 들어왔다. 모두 어둠 속에 머물렀다. 먼 곳에서부터 파란 하늘이 파도처럼 밀려왔다. 천천히 천천히.

아주 사적인
관찰

3부

아주
사적인
다짐

•

LIFE, SOMETIMES, MEANINGLESS

벨리코 터르노보

크리스마스 마켓

무엇이든 의미가 있어야 한다는 강박이 생길 때마다 불가리아의 작은 도시 벨리코 터르노보Veliko Tarnovo의 크리스마스를 떠올린다. 캐럴이 울리고, 가로등 불이 뿌옇게 번지던 늦은 밤 광장의 벤치.

　일상의 대부분이 무의미한 일들로 채워진다는 걸 안다. 농담을 주고받거나, 소파에 누워 멍하니 천장만 바라보거나, 봤던 영화를 또 보는 일이 전부인 하루가 얼마나 많은가. 어떤 시간이 의미 있었나 돌이켜보는 나름의 기준이 있다. 후회다. 돌이켜보며 그 시간을 후회한다면 내게는 의미 없는 시간이다. 불을 끄고 침대에 누워 오늘을 후회하며 잠드는 날이 많았다. 오늘 대체 뭘 한 걸까. 내일은 의미 있는 일로 하루를 채우리라. 다짐한다. 후회와 다짐은 습관이 되기에 이르렀다. 남는 것이 없는 날은 정말 의미가 없는 걸까. 죄책감이 머리를 들고 일어나는 시간에 벨리코 터르노보의 광장 벤치로 돌아가는 상상을 한다.

　불가리아에 정착한 벨기에인 A의 집에서 한 달 정도 머물렀다. 그는 내게 빈방 하나를 선뜻 내어주었고 얼마든지 머물다 가라며 집 열쇠도 쥐어 주었다. 제법 널찍한 방이었다. 더블 침대 하나와 작은 책상이 있어서 방을 나가지 않아도 웬만한 일을 다 할 수 있었다.

　한창 추운 11월 말이었다. 집에서 오 분 정도 걸어가면 작은 공원 광장이 나왔다. 처음 이곳에 도착했을 때는 고작 벤치 몇 개 놓인 황량한 광장이었다. 게으름 피우며 방 안에서 나가지 않은 며칠 사이 크리스마스 마켓이 들어서 있었다. 밤이면 캐럴이 울리고 어린이를 위한 작은 관람차가 둥글게 돌아갔다. 광장에는 장난감과 옷가지를 파는 노점이 촘촘히 늘어섰다.

　크리스마스 마켓 입구에는 보온통 하나만 달랑 올려놓은 점포가 있었다. 1불가리아 레프 조금 안 되는 돈을 내면 종이컵에 따듯한 글루와인을 따라주는 가게. 한 잔에 5백 원 남짓했다. 함박눈이 내린 날 밤 광장 벤치에 앉아 마신 글루와인 맛을 잊을 수 없다. 와인이 목을 타고 넘어가자 따듯한 온기가 온몸을 데웠다. 숨 쉴 때마다 코끝에서 달콤한 과일 향이 났다.

그 뒤로 매일 밤 광장을 찾았고, 그게 유일한 외출인 날이 많았다. 옷 밖으로 나온 살에는 날카로운 겨울바람이 스쳤지만 따듯한 술이 몸을 데워준 덕분에 벤치에 오래 앉아 있을 수 있었다. 와인은 빨리 마셔야 했다. 식으면 아무런 의미가 없었다. 온기가 가시기 전까지 두고 마시다 컵이 차가워지면 가게 앞으로 향했다. 두 손은 계속 따듯한 종이컵을 잡고 있어야 했다. 벤치에 앉아 와인을 마시는 일 말고는 아무것도 할 수 없었다. 한 시간이고 두 시간이고 그날 쓸 돈이 다 떨어질 때까지 와인을 마셨다. 어느 날에는 저녁을 먹는 대신 와인 다섯 잔을 더 마시기도 했다.

같이 걸을까?

낮에는 주로 영화를 봤다. 같은 영화를 몇 번이고 돌려봤다. 「토이 스토리」 시리즈는 여러 번 봐도 질리지 않는다. 여섯 살이었나? 어머니 손을 잡고 영화관에 가서 본 첫 영화였다. 장난감들이 생각하고 말하고 움직인다는 설정이 일상을 바꿔놓기도 했다. 이불 속에 숨어서 장난감이 언제 움직이는지 관찰하기도 했고, 나쁜 짓을 할 때는 장난감 눈치를 봤다. 머리가 좀 커서 다시 봤을 때는 주인공 우디에게 공감했다. 친구를 잃지 않으려는 마음과 행동이 멋있어 보였다. 우디는 고장 나고 잊힌 장난감을 구하려고 위험한 모험을 불사했다.

"우디는 우리를 버리지 않아."

우디 같은 사람이 되고 싶었다. 사람이 떠나가는 일을 견디기 어려웠다. 어디론가 가려는 친구가 있으면 우디처럼 말하곤 했다. 네가 어떤 사람이더라도 나는 너를 떠나지 않을 거야. 이십 대 중반이 되어서야 지킨 약속이 거의 없다는 사실을 차츰 깨달았다. 그 후로 새로운 친구를 만드는 일에서 소극적인 사람이 됐다. 때마침 「토이 스토리」 3편이 나왔다. 우디는 오랜 친구 앤디를 놓아주었다.

"잘 가, 친구."

벨리코 터르노보에서 만난 친구들과는 의미 없는 농담만 주고받았다. A의 벨기에 친구들이었다. 불가리아 작은 마을에서 사는 동포 모임 같은 것이었다. 수요일과 금요

일 밤에는 약속을 따로 하지 않아도 비슷한 시간에 술집에 모이곤 했다. 게스트하우스 로비에 차려진 힙스터Hipster라는 술집이었다. 한쪽에는 피아노가 있었는데 누구나 연주할 수 있었다. 친구들과 모여 술을 마시고 있으면 동네 개들이 술집 안으로 드나들었다. A의 친구 M은 개의 통역사를 자처했다. 코로 킁킁대는 소리를 흉내 내며, 이건 먹을 게 아니군, 오호 여기엔 뭐가 있나, 별거 없네, 에잇, 하는 말을 했다. A는 M의 입에서 나오는 말은 대부분 농담이니 귀담아들을 필요 없다고 귀띔해주었다.

자정이 가까워지면 힙스터에서 나와 당구대가 있는 술집으로 갔다. 시끄러운 록 음악이 흘러나왔다. A는 리듬에 맞춰 어깨를 들썩이며 당구를 쳤다. 당구대 가장자리에는 항상 술병이 놓여 있었다. 나는 당구를 칠 줄 몰라 뒤에 있는 다트를 했다. M은 A에게 세 판 연속 패한 뒤 다트판 앞에 섰다. 의미심장한 미소를 짓고는 내게 말을 걸었다.

"뒤로 던져도 가운데 맞출 수 있어."

"해봐."

"이건 초능력이야. 들키면 안 돼. 너에게만 말해준 거야."

M은 앞으로 서서 다트를 던졌다. 판에 꽂히지 않았다. 이내 비틀거리며 계산대로 향했다. 집에 가려는 모양이었다. 계산하며 직원에게 다트판이 고장 난 것 같다고 말하는 소리가 들렸다. 자기는 뒤로 던져도 다트판 정중앙에 꽂는 사람인데, 꽂히지 않는다는 말이었다. 비밀이라더니. 직원이 웃었다. 처음이 아닌 듯 익숙하게 계산했다. M도 웃었다. M이 문을 열자 개 한 마리가 꼬리를 치며 마중 나와 있었다.

"친구, 같이 걸을까?"

개와 M은 함께 골목으로 사라졌다.

크리스마스트리

12월 24일. 우리는 크리스마스이브 기념으로 술집에 갔다. 여느 때처럼 M은 쉬지 않고 농담했고, 게스트하우스를 들락거리는 개들도 바쁘게 술집 안을 탐색하고 있었다. 그날도 힙스터에 들렀다가 당구대가 있는 술집에 갔다. 손님이 많았다. 당구대 근처에는 승부욕에 가득 찬 사내가 우글거렸다. 이 동네 당구왕인 A는 오랜만에 호적수를 만난 듯했다.

　당구에 빠진 A는 집에 돌아갈 생각이 없어 보였다. 혼자 술집을 나섰다. 크리스마스 마켓이 차려진 광장으로 갔다. 벤치에 앉아서 글루와인을 몇 잔 더 마실 생각이었다. 점포 주인이 멀리서 손을 흔들었다. 얼마나 남아 있나. 주머니에 손을 넣어 동전을 셌다. 어림잡아 두 잔 정도 마실 수 있겠다. 전날 눈이 많이 와 거리가 하얗게 물들어 있었다. 종이컵에 와인 한 잔을 받아 벤치에 앉았다. 이윽고 개 한 마리가 옆에 앉았다. 머리를 몇 번 쓰다듬어 주었다. 그 개는 벤치 옆자리에 웅크리고 누워 오래 가만히 있었다. 글루와인이 식으면 손이 시렸다. 그때마다 나는 웅크린 개와 온기를 나눴다.

　크리스마스 마켓 관람차가 흥겨운 소리를 내며 돌아가고 있었다. 아이는 하늘을 빙글빙글 돌았고 부모는 그 아래서 따듯한 와인을 마셨다. 가게마다 형형색색 양말과 목도리가 진열되어 있었고 어느 할아버지는 손주를 데리고 나와 시장에서 귀여운 양말을 사주었다. 산타클로스 분장을 한 사람이 광장을 활보하며 아이들에게 작은 선물을 나뉘주었다. 아직 어린아이들은 산타클로스가 무서운지 울음을 터뜨리기도 했다. 혼자 있는 사람은 나뿐이었다.

크리스마스란 대체 뭘까. 전 세계가 같은 날에 비슷한 옷을 입고 캐럴을 듣는다. 사람에게는 가끔 의미에 관한 강박을 대신해줄 더 큰 의미가 필요한 걸지도 모르겠다. 고작 하루를 위해 크리스마스트리를 장식한다. 꾸미는 데 며칠이 걸리고, 치우는 데 며칠이 걸린다는 걸 안다. 그러나 후회하지 않는다. 크리스마스니까. 일 년에 하루 정도는 삶의 무게를 덜어내려는 것이다. 오늘은 다 괜찮다.

두 번째 글루와인을 마시고는 벤치에서 몸을 일으켰다. 개의 머리를 두어 번 더 쓰다듬어 준 뒤 걸음을 옮겼다. 비틀거리며 걸었다. 마켓에서는 흥겨운 캐럴이 연신 흘러나왔다. 가로등 불빛은 뿌옇게 번졌다. 골목길에는 깨진 보도블록이 많아 종종 발이 빠지곤 했다. 옆으로 고꾸라지기도 했지만, 다행히 심하게 다치지는 않았다. 옷만 조금 더러워졌을 뿐이다. 툭툭 옷을 털었다. 낡은 점퍼에서 개 냄새가 났다. 청바지도 털었다. 오른쪽 허벅지가 축축했다. 집에 가까워질수록 캐럴 소리는 작아졌다. 시계를 보니 자정이 지났다. 메리 크리스마스.

•

살기로
마음먹은 춤

멕시코시티

공공연한 비밀

1달러는 멕시코 돈으로 약 20페소였다. 주요 관광지에서 달러 사용이 가능하고, 때로는 달러로 물건을 사는 것이 나을 때도 있다. 양 주머니에 각각 달러와 페소가 든 지갑을 들고 다녔다.

"여기로 오세요. 공연 시작해요!"

주말이면 멕시코시티 국립 인류학 박물관 앞 광장에서 전통 공연이 열렸다. K가 좋은 자리를 맡아 주었다(K는 한국에서 만난 친구 P의 친누나였고, 멕시코시티에서 머무는 동안 방 한 칸을 내어주었다). 거리 공연을 감상할 때 이왕이면 그늘진 곳이 좋다. 더운 도시이거나, 추운 도시이거나, 햇빛의 세기는 별반 다르지 않다. 햇빛은 사람을 나른하게 만든다. 때로는 빛이 눈을 가리기도 한다. 거리 공연은 관객이 자유롭게 공연비를 낸다. 보통은 조금 멀찍이서 보다가 마음이 동요하면 가까이 가는 식이었다.

그날은 무슨 일이 있었던 걸까. 어째서 맨 앞자리에 서 있었던 건가. 무대 뒤 전망 좋은 자리에 서 있는 K의 모습이 보였다. 자리를 떠날 수 없었다. 주머니에 동전이 남아 있기를 바랐다.

허름한 깡통에 불이 붙었다. 연기가 기다란 허리를 수려하게 펴고 하늘로 올랐다. 전사는 없어진 무용舞踊을 시작했다. 근육이 단단한 남자들이 연기 주위를 돌며 전사의 춤을 추었다. 이따금 날카로운 눈매로 관객을 노려보거나, 공격적인 춤사위로 겁을 주기도 했다. 어느새 옆으로 다가온 K는 이 춤이 전쟁을 위한 것이라 귀띔해주었다.

주머니에 든 동전을 만지작거렸다. 동전 몇 개를 합쳐 20페소 정도를 만들 요량이었다. 작은 단위 동전이 많아 헷갈렸다. 마치 아무 계산 없는 사람처럼 한 번에 돈을 내고 싶었다. 정확히는 동전을 꺼내 얼마를 낼까 고심하는 모습을 보이고 싶지 않았다. 서로 상처받지 않기 위해 알고도 절대 입 밖으로 꺼내지 않는 공공연한 비밀 같은 것이 어떤 관계에나 있지 않은가.

1달러

큰일이다. 전사가 다가오고 있다. 눈이 마주쳤다. 찡긋한 표정으로 당신의 공연은 멋있다고 말했다. 중요한 건 아직 동전이 모두 분류되지 않았다는 거다. 주머니에 넣은 손이 바빠졌다. 손에 잡히는 대로 낼까? 너무 성의가 없어 보일까? 전사가 앞에 섰다. 그때 나와 전사 사이로 낯익은 손이 끼어들었다. 50페소짜리 지폐다. K가 내 몫과 자신의 몫을 합쳐 50페소를 냈다. 주머니에서 자연스럽게 손을 뺐다. 처음부터 아무 일 없었다는 듯 자연스러운 제스처를 연기했다. 엄지손가락을 치켜세웠다.

그가 지나간 뒤 K에게 보통 이런 공연에 얼마 정도 돈을 내는지 물었다. 멕시코에서는 보통 20페소에서 25페소 정도 낸다고 했다. 사람의 생각과 기준은 세계 어느 나라에 가나 비슷하다고 생각하곤 한다.

적어도 내가 경험한 나라들에서 1달러는 기준점을 역할을 하고 있었다. 세상에는 가격표가 붙지 않은 상품이 존재한다. 또 가격표가 붙었을 때 거부감이 드는 것들도 있다. 펫샵에 진열된 동물처럼. 거리 공연은 그사이 어딘가에 있었다. 노동에는 가격표가 붙어야 마땅하지만, 예술에 가격을 매기는 일이 어딘가 모르게 불편했다. 예술이 노동이 되고, 작품이 상품이 되는 당연한 과정이 본질을 흐릴지도 모른다고 생각하곤 했다.

전사의 춤

날카로운 창을 돌리는 전사가 이번엔 금발 꼬마 앞에서 포효한다. 아이가 하얗게 웃었다. 부모는 아이의 웃음값으로 동전 몇 닢을 동전통에 던져 넣었다. 부족도, 영토도, 싸움도, 문화도 모두 잃은 자들의 무용은 이 세계에선 무용無用하지만, 적어도 이곳에서는 유용有用한 것이었다. 살벌한 춤사위가 이어졌다. 곳곳에서 동전 소리가 났다. 아즈텍 전사들의 춤사위는 동전통이 무거워질수록 격렬해졌다.

　이 춤사위는 어떤 문명의 시체이자, 광장에서 되살아난 좀비는 아닐까. 멈춰버린 춤은 동전통에서 딸그락거리며 울리는 소리에 맞춰 리듬을 탔다. 전사는 여전히 살아남기라는 이름의 전쟁을 치르고 있었다. 한 시대의 끝자락을 힘겹게 붙들고 서서 창을 돌리고 포효한다. 살아남기로 결심한 문명은 얼마나 용감한가. 대륙을 호령하던 자존심을 내려놓고 광장에 선 마음은 얼마나 위대한가. 안전을 위해 창끝에는 무딘 칼날이 달려 있었다. 제아무리 휘둘러도 아무도 죽지 않을 무기가 허공을 갈랐다. 끝끝내 살아남은 인간의 강인함이 전사의 칼끝에 드리웠다.

오래 살아남을수록 사람은 점점 작아진다. 위인은 오래 살지 못한다. 중요한 사실은 이 세계를 함께 살아가는 대다수의 사람이 위인이 되기보다는 작게라도 살아남기를 선택한다는 것이다. 살아남은 사람들이 어느 위인이 목숨 바쳐 만들어놓은 이상을 천천히 완성한다. 춤사위는 멈추지 않는다.

전사의 춤사위는 나를 닮았다. 나를 살게 하는 건 꿈이 아니라 밥이다. 몸 누일 방 한 칸이다. 사랑을 나눌 영화관이다. 산책할 수 있는 공원이다. 노을이 지는 바다다. 나무가 무성한 숲이다. 아이스 아메리카노다. 꾸역꾸역 살아가는 친구다. 가족이다. 꿈은 그다음이다. 살아남은 사람이 삶을 조금 더 풍요롭게 만들기 위해 갖는 것이다. 살아 있지 않은 사람에게 꿈은 없다. 공연을 마친 전사들이 짐을 싸서 다른 광장으로 향했다. 몇 분 쉬지도 않고 곧바로 춤을 추었다. 새로운 관객이 몰렸다.

아주 사적인
다짐

숭고한 소명

코바

사소한 일들

여기서부터 1킬로미터 걸어가면 됩니다. 매표소 직원이 말했다. 몇 페소만 내면 다른 사람이 대신 끌어주는 자전거 뒷자리에 앉아 갈 수 있었다. 이 세계에서 돈이 있다는 말은 불편한 일이 하나 줄어든다는 의미겠다. 코바Coba는 멕시코 동부 도시 툴룸Tulum에서 50킬로미터 정도 떨어져 있는 유적지다. 마야 시절 도시가 그대로 남아 있다. 유적지 입구에서부터 최종 목적지인 대형 피라미드 노호치 뮬Nohoch Mul까지 천천히 걸으면 삼사십 분 정도 걸렸다. 노호치 뮬은 높이 42미터의 거대한 제단이다. 예전에는 그 위에서 사람을 신에게 바치는 잔인한 예식이 열렸다.

노호치 뮬까지 걸어가기로 했다. 멕시코에서 살이 많이 쪘다. 고기가 잔뜩 들어간 타코가 어찌나 맛있는지, 당최 멈출 수 없었다. 비대해진 몸을 이끌고 유적지 안으로 들어섰다. 몇 걸음 걷지도 않았는데 숨이 찼다. 정글 사이로 난 길이었기 때문에 야생 원숭이나 이구아나, 이름을 알 수 없는 동물을 볼 수 있었다. 길 중앙은 사람을 태운 자전거가 지나다녔다. 걸어 다니는 사람은 정글 쪽으로 붙어야 했다. 기온이 높은 날이었지만, 숲에서 선선한 바람이 불어와 괜찮았다. 천천히 걸어가는 사이 수십 대의 자전거가 옆을 지났다.

얼마 전 친구가 로봇 청소기를 샀다며 자랑하던 장면이 떠올랐다. 그의 말을 빌리자면, 삶의 질이 달라지는 소비였다. 오호라, 돈이 좋구나. 그 말을 듣고 집에 돌아가 바닥에 있는 머리카락을 쓸었다. 이 정도로 머리카락이 빠진다면 한참 전에 대머리가 됐어야 하는 게 아닐까. 가난하다는 말은 사소한 일을 더 많이 한다는 뜻이겠구나. 부자라는 건 당연한 일들을 내가 아닌 무엇에게 미룰 수 있는 존재이겠구나. 자전거를 탈 걸 그랬다. 정확히 기억이 나지 않지만, 우리나라 돈으로 만 원이 조금 안 되었던 거 같다. 부자 타령하기에는 터무니없이 적은 돈이었다.

이십 대 초반에 돈을 벌고 싶다고 생각했다. 환경 단체에서 아르바이트하던 시절이었다. 피켓을 들고 광화문 광장에 서는 일보다 많은 돈을 기부하는 게 더 나은 방법일 거라고. 그 후 직장을 다녔다. 달마다 몇십만 원 정도는 저금할 수 있었다. 그해 나는 40만 원짜리 마셜 스피커를 샀다. 이 주에 한 번 영화관에 갔고, 주말마다 과분한 음식을 배달해 먹었다. 통장에 남는 돈이 없었다. 그사이 한 푼도 기부하지 않았다.

포기가 빠른 사람

노호치 뮬 앞에 도착했다. 오래된 돌계단을 밟고 올라야 정상에 닿을 수 있었다. 돌계단은 원형을 유지하고 있어 높이가 불규칙하고 깨진 곳이 많았다. 안전장치라고는 계단 가운데 있는 굵은 밧줄 하나가 전부였다. 멕시코 친구가 노호치 뮬을 오를 때 가져야 할 마음가짐에 관해 충고해준 적이 있다. 올라갈 때는 당당하게, 내려올 때는 겸손하게. 앞서 올라가는 사람들은 뒤를 돌아보는 법이 없다. 내려오는 이들은 주저앉아 엉덩이를 계단에 끌며 한 걸음씩 뗀다. 마야의 재단은 보이는 것보다 더 높고 위험했다.

계단에 발을 올렸다. 밧줄을 부여잡았다. 뒤를 돌아보

면 안 된다. 뚱뚱한 몸이 불안했다. 커다란 덩치가 굴러떨어진다면 재앙이다. 중턱쯤 갔을까. 금기를 어기고 올라온 길을 돌아보고 말았다. 밧줄을 잡은 손에 힘이 풀렸고, 그 자리에 앉아버렸다. 뒤로 밧줄을 잡고 올라오는 사람이 있었으므로 자리를 조금 옮겨 앉았다. 올라가는 사람들에게는 옆을 둘러볼 여유가 없었다. 계단만 보며 오르다가 몇 번이고 부딪힐 뻔했다. 가장자리로 몸을 옮겨야 했다.

앞으로 나아가지도, 다시 돌아가지도 못했다. 십 분 정도 앉아 있었을까. 같은 층에 동료가 생겼다. 백발의 미국 할머니였다. 아래에서부터 할머니는 나를 뚫어져라 쳐다보고 있었다. 아마 내가 그의 정상이었던 거 같다. 옆에 앉아 찬 숨을 고르고 이내 말을 걸었다. 으레 하는 말로 대화를 시작했다. 어디서 왔고, 어디로 가는지, 뭐 그런. 땀이 식으면서 바람이 조금씩 차가워졌다. 할머니가 말문을 열었다.

"여기가 나의 한계예요. 더는 못 가겠어요."

"저도 여기서 그만두려고 해요."

"내려가는 걸 선택했군요. 잘했어요."

"살면서 무언가를 끝내본 적이 없어요. 대학도 중간에

그만뒀고요."

"중턱에서 내려가는 것도 무언가를 끝내는 일과 같아요."

"저는 포기가 빠른 사람이에요. 무언가 극복하려는 의지도 약한 것 같아요."

"포기에도 엄청난 용기가 필요해요. 살다 보니 그래요. 중요한 건 지금 당신이 살아 있다는 거예요. 내일도 살아 있을 거잖아요? 그거면 된 거죠."

할머니는 조금 더 쉬다 내려오겠다고 했다. 나는 엉덩이를 계단에 끌며 한 칸씩 내려갔다. 다시 땅에 발을 디뎠다. 힘이 풀려 다리가 덜덜 떨렸다. 유적지 밖으로 걸어갈 엄두가 나지 않았다. 그러나 다시 걸어야 했다.

행운을 빌어요

유적지 밖으로 나가는 길에 한국에서 문자메시지가 왔다. 어머니였다.

[이곳은 전염병이 기승이야. 조심히 다니렴.]

멕시코에 와 있는 동안 한국은 신종 코로나바이러스 감염증이 한창이었다. 하루에 몇 통씩 문자메시지를 받았다. 내가 살아 있는지 확인하려는 듯했다. 언젠가 고양이를 키운 적이 있다. 한번 잠에 들면 누가 업어 가도 모를 만큼 깊이 잠드는 친구였다. 몇 시간 동안 아무런 움직임이 없으면 코에 손을 대보고는 했다. 그가 살아 있는지 확인하고 싶었다. 숨소리가 미약해 느껴지지 않을 때면 흔들어 깨웠다. 고양이가 졸린 눈을 끔뻑이며 짜증 내는 모습을 보며 한숨을 내쉬었다. 너 살아 있구나.

한국에서 날아오는 몇 통의 문자메시지를 보며 생각했다. 나 역시 사랑하는 이들에게 가끔 전화해 목소리를 들으면 마음이 편해졌다. 언젠가 친구에게 전화했을 때의 일이다. 그는 투덜거림이 심한 사람이었다. 그날도 어김없이 어떤 일에 관해 투덜대기 시작했다. 대체 일 처리를 왜 그렇게 하는 거야? 나 이제 어떻게 살지? 나 망한 거 같아. 대체로 부정적인 말들이었다. 잘 살아 있구나. 더 나은 삶을 위해 여전히 싸우고 있구나. 너에게는 아직 살고자 하는 의지가 있구나.

그 무렵 베란다에 바질 트리를 키웠다. 장마가 유난히

긴 해였다. 오랫동안 해가 들지 않아 나무가 죽어가고 있었다. 살아남은 잎들이 가지에 겨우 매달려 있었다. 바질 트리 잎에서는 향긋한 냄새가 사라졌다. 가지는 구부정하게 휘어져 있었다. 나는 장마가 끝난 뒤에도 나무에 물을 주지 않았다. 언제 내다 버려야 하나. 식물은 어떻게 버려야 하나, 흙은 아파트 정원에 뿌리면 되나 하는 생각만 했다.

해가 유난히 세게 드는 날이었다. 앙상한 가지에서 빛이 반짝였다. 하얀빛이었다. 빨래 말릴 일 없이 베란다에 나간 건 오랜만이었다. 바질 트리에 하얀 꽃이 피었다. 살아 있었구나. 다 핀 꽃 옆에는 노랗게 봉오리가 올라왔다. 가만히 보다가 베란다 문을 열어 신선한 공기가 들어오게 했다. 바람이 불자 꽃잎이 흔들렸다. 고개를 갸우뚱거리며 흔드는 모양새가 제법 귀엽다. 작고 약한 꽃잎은 누구보다 충실하게 살아 있었다.

꽃잎이 머리를 들고 올라오는 이유는 뭘까. 꽃이 온 힘을 다해 피었다. 꽃의 의지는 숭고한 것이리라. 살아 있음이 그 자체로 소명인 바질 트리는 기어코 꽃을 냈다. 바람이 세게 불었다. 꽃이 크게 휘청거렸다. 맨 꼭대기에 핀 꽃은 결국 가지에서 떨어지고 말았다. 연약하지만 나약한 건 아니다. 포기가 아니라 끝이었다.

자전거 한 대가 옆에 섰다. 그 할머니가 타고 있었다. 눈으로 인사를 나눴다. 행운을 빌어요. 할머니를 태운 자전거가 서서히 앞으로 굴러갔다. 점점 빨리 멀어졌다. 나뭇잎이 떨어졌다. 원숭이 한 마리가 이 나무에서 저 나무로 옮겨갔다. 날이 어두워지기 시작했다. 걸음을 재촉했다. 어느새 유적지 밖 주차장에 다다랐다. 그거면 됐다. 잘 싸웠다.

•

출국장에서의
결심

아타튀르크 국제공항

누구에게나 열려 있는

베토벤 최후의 작품 현악 4중주의 마지막 16번 악장이 시작되는 악보에는 이런 메모가 적혀 있다. Muss es sein? Es muss sein!(그래야만 했나? 그래야만 했다!) 위대한 음악가가 삶의 끝자락에 적어놓은 질문과 답이다. 무엇을 묻고 무엇에 확신하는지 알 길이 없었다. 모든 과거는 결과에 따라 다르게 기억된다. 만약 베토벤이 위대한 음악가로 인정받지 못했다면, 같은 질문에 다른 답을 내렸을지도 모른다. 그래야만 했나? 아니, 그때 다른 선택을 했더라면……. 선택의 순간에 망설이는 이유는 결과를 완벽하게 가늠할 수 없기 때문이지 않을까. 이스탄불 아타튀르크 국제공항 카페에서 만난 남자는 일주일 전을 회상하며 되뇌었다. 그때 다른 선택을 했더라면.

한국행 비행기를 타기 위해 아타튀르크 공항 전광판을 뚫어져라 쳐다봤다. 오후 열두 시 비행기였다. 내가 공항에 도착한 건 오전 열 시. 오후 한 시 비행기 스케줄까지 전광판에 표시되어 있었다. 그 가운데 내가 탈 비행기는 보이지 않았다. 하다못해 티켓 부스도 열리지 않는다. 항공사 부스가 차려진 곳으로 향했다.

"이거 좀 봐주시겠어요? 내가 탈 비행기가 보이지 않아요."

"엇! 그 비행기 이미 출발했어요."

"오전 열 시인데 벌써 출발했다니요?"

"티켓 자세히 보세요. 지난밤에 출발한 비행기예요."

항공사 직원이 비행기 출발 시각이 적힌 종이에 볼펜으로 동그라미를 치며 말했다.

00:00. 나는 왜 이것을 오후 열두 시로 기억하고 있었던 걸까. 터키에 온 지 한 달이 다 되어가도록 예매권을 확인할 생각을 한 번도 하지 않았다. 단지 몇 월 며칠 열두 시만 기억하며 다닌 것이다. 이스탄불 시내에 있는 중국동방항공 사무실에 가서 수수료를 내고 날짜를 변경하란다. 가방을 바닥에 내려놓은 채 잠시 아무것도 하지 않았다. 다시 시내로 돌아갈 엄두가 나지 않았다.

공항 카페에서 마음을 추스르기로 했다. 커피나 마시

면서 숙소를 알아볼 요량이었다. 여기까지 고작 커피 한 잔 마시러 왔구나. 따듯한 아메리카노를 시키고 자리에 앉았다. 건너편에는 양복을 말끔하게 차려입은 남자가 빵을 먹고 있었다. 그와 눈이 두어 번 마주쳤다. 누군가와 이야기를 나누고 싶어 하는 표정이었다. 고개를 끄덕여 인사했다. 그도 고개를 끄덕이더니 그쪽으로 가도 되냐는 듯 손짓했다. 나는 무거운 배낭을 가리키며 이리로 오라고 손을 흔들었다. 이내 빵을 든 남자가 앞자리에 앉았다.

　　짙은 회색 양복을 입은 남자의 오른손에는 서류 가방이 들려 있었다. 그는 약간 벗겨진 머리에 금테 안경을 쓰고 있었다. 영어를 능숙하게 했고, 행동은 차분했다. 점잖은 말투로 인사를 건넸다. 국제무역회사 직원인 그는 다양한 나라 사람을 만났다고 했다. 한국인과도 함께 일한 적이 있어 한국식 예의에 관해서도 제법 정확하게 알고 있었다. 그가 나와 처음 악수할 때 한 손으로 다른 쪽 팔뚝을 잡았다.

　　"일주일 동안 공항에서 지내보니 표정만 봐도 이야기 나눌 수 있는 사람인지 알 수 있어요."

　　"일주일이라니요?"

"저는 시리아 사람이에요. 이스탄불에는 일 때문에 왔죠. 그사이 IS(이슬람 국가)가 시리아를 장악했어요. 그래서 돌아가지 못하고 공항에서 지내고 있죠."

"일주일 동안 어떻게 공항에 머물 수 있죠? 잠은 어디서 자고요?"

"공항 안에 있는 이슬람 사원에서 잠을 자요. 사원은 누구에게나 열려 있거든요."

그가 담담하게 말했다.

마지막 인사

남자는 십사 일 전에 터키에 왔다고 했다. 시리아를 떠나기 전 전쟁의 징조가 있었지만, 중요한 계약이라 미룰 수 없었다고 했다. 이 주 만에 시리아로 돌아가는 비행기가 없어진 것이다. 그의 아내와 아이들은 여전히 시리아에 남아 있었다. 사흘 전부터는 가족들과 연락도 끊겼다고 했다. 그런 말들을 담담하게 이어가는 모습이 낯설었다. 남자의 표정이 굳은 건 집에서 나서던 순간을 회상할 때였다. 이번 계약은 그의 회사 생활에서 가장 큰 성과였다. 출장이 끝나면 더 나은 자리로 올라갈 수 있었다고 했다. 나라가 불안했지만, 포기하기 어려운 기회였다.

출장을 오기로 했을 때, 남자의 아내는 잘 다녀오라고 말했단다. 그때 아내의 표정을 생생히 묘사했다. 사랑하는 사람의 성취를 응원하며 미소를 지었고, 전쟁의 문턱에서 세상에서 가장 의지하는 사람이 자리를 비운다는 불안이 눈가에 서려 있었다. 말리고 싶지만 말리지 못하는 어정쩡한 아내의 표정을 잊을 수 없다고 했다. 그러나 멈출 수 없었다. 급류에 휘말리듯 이스탄불 공항에 도착했고 며칠 뒤 시리아에서 전쟁이 났다. 돌아가는 비행기는 없었다. 그가 시내로 돌아가지 않은 건 언제 비행기가 다시 뜰지 모르기 때문이었다. 그의 지갑에는 2천 리라(한화 약 10만 원) 남짓한 현금이 들어 있었다.

두어 시간 정도 앉아 있었다. 공항 카페에 이토록 오래 머문 손님은 우리뿐이었다. 옆 테이블에는 일본인 커플, 미국인 청년들, 터키인 중년 남성이 앉았다 일어났다. 그사이 카페 직원도 바뀌었다. 새로 카운터에 들어온 직원은 남자를 잘 아는 듯했다. 가볍게 눈인사를 나누고는 따뜻한 차와 빵 한 조각을 남자에게 건네며 물었다.

"아직 시리아행 비행기가 없나요?"

남자는 따뜻한 차를 두 손으로 감싸 쥐고는 냄새를 맡았다. 이내 테이블 가운데 있는 각설탕을 차에 빠뜨리며 말했다.

"오늘도 없네요."

그는 이따금씩 핸드폰을 쳐다봤다. 혹시 가족에게서 연락이 올까 기다리는 듯했다. 핸드폰을 들여다볼 때마다 미안하다고 말했다. 미안할 일이 아니라고 몇 번이고 손사래 쳤지만, 몇 번이고 미안하다고 했다. 그가 예의를 차리는 모습이 오히려 낯설었다. 가족이 어떻게 되었을지도 모르는 마당에 온전한 정신을 유지하는 게 가능한 일일까. 자세를 꼿꼿하게 지탱하는 힘이 대체 어디에서 나오는지 궁금했다.

"담담하고 예의 바른 태도를 이해하기 어려워요. 절박한 상황이잖아요."

"내가 예의 없이 행동한다면 직원이 주는 따뜻한 차를 마실 수 없었을 거예요. 내가 당신에게 무례하게 행동했다면 나와 대화해주지 않았겠죠. 만약 내가 깔끔한 정장 차림이 아니었다면 이스탄불 거리에서 구걸하는 다른 시리아 사람들처럼 대우받을 거예요. 나는 살아서 시리아로 돌아가야 해요. 가족을 만나서 시리아를 탈출해야 해요. 그 후에 나는 남루한 행색을 하고 거리에 앉아 구걸할 수 있어요. 가족을 살릴 수 있다면 무엇이든 할 수 있어요. 하지만 아직은 아니에요. 가족을 만나기 전까지 나는 살아야 해요. 살아서 돌아가야 해요. 그때까지 나는 말끔하고 예의 바른 신사여야 해요."

그는 찻잔을 내려놓으며 말했다. 남자의 목소리가 조금 흔들렸지만, 이내 바로 잡았다. 다시 차를 한 모금 마셨다. 스푼으로 천천히 찻물을 저었다. 말이 끝나자 곧 기도 시간이라며 일어날 채비를 했다. 그는 공항에서 지내는 동안 단 한 차례도 기도 시간을 어긴 일이 없었다. 사원 앞까지 함께 걸었다. 문 앞에 서서 짧은 인사를 나눴다. 남자는 머리를 옆으로 넘기고는 옷매무새를 단정하게 정리했다. 우리는 손을 맞잡았다. 허리를 곧게 세우고 서류 가방을 왼손에 든 채 악수했다. 마지막 인사를 나눈 뒤 돌아서려던 찰나, 그는 내게 한마디 더 했다.

"이제 돌아서면 나에 관해 너무 깊이 생각 말아요. 모두 내가 자처한 일이에요. 대신 지금 곁에 있는 사람들에게 잘해주세요. 공항에서 지내는 동안 변한 건 아무것도 없었어요. 가까운 사람을 대하는 태도를 바꿔보세요. 세상은 알아서 돌아갈 테지만, 그 안에서 변하는 건 늙어가고 죽어가는 사랑하는 사람들뿐이니까요. 당신은 후회하지 않기를 바라요. 신이 늘 그대와 함께하기를."

그의 말처럼 이스탄불에 일주일 더 머무는 동안 바뀐 것은 없었다. 시내에는 전쟁을 피해 터키로 넘어온 시리아 사람이 더 많아졌다.

조그만 삶

일주일 뒤 아타튀르크 공항에 다시 갔을 때, 그가 보이지 않았다. 그에게 차를 내어주던 카페 직원에게 물었다.

"시리아 남자가 보이지 않네요."

그러자 그가 앞치마를 툭툭 털며 내게 다가왔다.

"시리아로 갔어요. 육로로 넘어갈 방법을 찾았다고 해요. 매우 위험한 길이죠. 신이 그를 지켜주기를 바랄 뿐이에요."

때마침 전광판에 인천행 비행기 발권 창구가 열렸다
는 안내 문구가 나왔다. 카페 직원은 시키지 않은 차와 빵
한 조각을 건네주었다. 남자에게 주려고 미리 빼놓은 빵이
라고 했다. 전날 팔다 남은 빵을 챙겨두었다가 그에게 주곤
했던 것이다. 그 빵을 내가 대신 한 입 베어 물었다.

"잘한 결정일까요?"

"아무도 모르죠. 저도 이 빵을 당신이 먹게 되리라고
상상하지 못했어요. 그의 선택을 응원하는 수밖에 없어요."

따뜻한 차를 한 모금 머금었다. 남자가 매일 마시던 차
는 이런 맛이었구나. 찻잎 향기가 코끝에서 맴돌고, 뜨거운
찻물이 몸을 따뜻하게 데워주었다. 적어도 차를 마시는 순
간만큼은 어떤 감정이라도 차분히 가라앉힐 수 있을 것 같
았다. 어디론가 떠나려는 사람들이 커다란 가방을 끌고 옆
을 지났다. 캐리어 바퀴 굴러가는 소리가 들렸다. 출국장
쪽에는 서로를 오래 껴안는 사람들이 보였다. 종종 공항에
서 누군가의 선택이 현실이 되는 장면을 목격하곤 한다. 출
국장 밖으로 나가면 공식적으로 다른 나라다. 한 사람이 작
은 문을 지나 경계를 건넌다. 당분간 맞잡지 못할 손을 흔

든다. 출국장 앞에 선 다른 한 사람은 문이 닫히자 자리에 주저앉았다. 응원하는 일밖에 할 수 없는 이들은 응원하는 사람이 보지 못하는 곳에서 운다. 어떤 선택이 좋은 결과를 가져온다고 확신했더라면 울지 않았을까.

우리는 남자에 관해 더는 이야기하지 않았다. 직원은 다른 손님을 맞이했고, 나는 비행기를 타러 가야 했다. 출국장 문이 열렸다. 느슨한 응원은 울지 않아도 할 수 있다. 깊지 않은 관심은 아프지 않아도 줄 수 있다. 남자가 내린 결정이 도무지 가늠할 수 없을 만큼 위험한 선택이라는 것을 안다. 한 인간의 생명이 걸린 문제 앞에서 고작 두어 시간 대화한 사람이 무슨 일을 할 수 있을까. 출국장을 나서며 고개를 돌리지 않았다.

조그만 삶을 사는 사람은 누군가를 응원하는 일도 애써 외면해야 한다. 나는 다시 한국에 돌아갈 것이다. 기꺼이 슬퍼할 만큼 응원할 수 있는 몇몇 사람을 만나서 웃고 울며 삶을 살아갈 것이다. 나이가 들수록 세계가 점점 좁아진다고 느낀다. 앞으로 얼마나 더 비좁은 울타리를 만들고, 얼마나 더 조그만 삶을 견고하게 다질지 모르겠다. 아타튀르크 국제공항 출국장을 지나며 작은 인생을 살기로 마음

먹었다. 선택이란 건 오묘해서 스스로 결정하는 것 같지만, 주변 환경이나 시대의 흐름에 영향 받기 마련이다. 온전한 의지와 선택은 어쩌면 불가능한 일일지도 모르겠다. 단지 그 순간에 최선의 선택을 고려할 뿐이다. 그러니 언젠가 삶을 돌아보며 나에게 물을 때 답은 정해져 있는 것이다.

그때 그래야만 했나?
그래야만 했다.

아주 사적인
다짐

이토록 찬란한
죽음

오키나와 구메지마

아와모리 항아리

바다가 좋아 바닷사람이 된 김 아저씨는 수백 번도 더 봤을 구메지마의 파도를 사진에 담고 있었다. 일주일에 두 번은 이 바다에 뛰어드는 김 아저씨는 이십 년째 오키나와에 사는 사람이다. 바다 앞에 선 그는 오늘의 파도가 어제와는 다르다며 연신 셔터를 누른다.

오키나와 나하 공항에서 국내선 비행기로 갈아타 삼십 분 정도를 더 비행한 뒤에야 구메지마섬에 닿을 수 있었다. 작은 경비행기에서 나는 기름 냄새와 프로펠러 돌아가는 소리가 제법 근사했다. 비행기 승무원은 흑설탕으로 만든 사탕을 나눠주었다. 달콤한 사탕을 입 안에서 이리저리 굴렸다. 설탕 기운이 채 가시기 전에 비행기는 땅으로 내려왔다. 2월의 구메지마는 선선했다.

비행장을 빠져나와 택시를 타고 숙소로 향했다. 도로는 무척 좁았다. 이따금 길옆에서 자라는 사탕수수 나무의

잎이 차창을 스치는 소리가 났다. 택시에 동승한 김 아저씨는(그는 오키나와 관광청에서 보내준 가이드였다) 구메지마 사람들 대부분이 사탕수수 농사로 생계를 이어간다고 했다. 바다와 건물이 없는 곳은 모두 사탕수수밭이라고 해도 과대 포장은 아닐 것이다. 그러고 보니 비행기 옆자리에 앉았던 구메지마 사람이 사탕 세 알을 손에 쥐어 주었다. 이 섬 사람들의 주머니에는 사탕 한 아름이 항상 들어 있는 건 아닐까. 구메지마의 첫인상은 달콤했다.

"오늘 저녁에는 술을 한잔해야겠어요."

김 아저씨는 저녁에 선술집에서 만나자고 했다. 구메지마에 오면 꼭 마셔야 할 술이 있다고. 나무로 만든 간판이 인상적인 선술집이었다. 테이블마다 재떨이가 놓여 있었다. 술집 안은 뿌연 담배 연기로 자욱했다. 기본 안주로 삶은 완두콩이 나왔다. 한 알씩 뽑아 먹는 재미가 있다. 콩알을 씹으면 고소한 맛이 입안을 감싸고 돌았다. 김 아저씨가 아와모리를 시켰다. 아와모리는 오키나와의 전통 술이다. 구메지마에서 생산된 구메생 아와모리가 최고로 꼽힌단다. 쌀로 만든 증류주였다. 이 술의 역사는 오키나와가 류큐 왕국이었던 시절로 거슬러 올라간다. 류큐 왕국은 태국, 말레이시아와 같은 국가들과 교류가 잦았다. 그래서 아와모리는 일본산 쌀이 아니라, 태국산 쌀을 사용한다. 증류수에 오키나와 전통으로 내려오는 검은 누룩을 띄워 숙성시켜 만든다.

"예전에는 집집마다 아와모리를 만들었어요. 전쟁이 일어나기 전까지는 말이죠."

김 아저씨는 아와모리에 관해 설명했다. 1945년 오키나와에서 큰 전투가 벌어졌다. 그때 주조장 대부분이 폐허가 되어버리고 말았다. 거의 모든 술 항아리가 깨졌다. 아와모리의 가장 중요한 재료인 검은 누룩도 모두 사라져버렸다. 아니, 사라진 줄 알았다. 전쟁 이후 폐허가 된 어느 주조장 뒷마당에서 검은 누룩이 발견되었고, 재생에 성공했다는 기가 막힌 이야기가 숨어 있었다.

술에 취한 김 아저씨는 오래된 이야기를 풀어놓았다. 아와모리에 관한 비화였다. 구메지마 사람들은 아이가 태어나면 술을 담갔다. 항아리에 담긴 술은 아이와 나이를 같이하며 숙성한다. 술이 익어갈수록 아이도 자란다. 어른이 되고 사랑을 하고 누군가를 새로운 가족으로 맞이할 만한 사람이 되었을 때, 술독의 뚜껑을 연다. 결혼식이었다. 두 개의 술독이 동시에 열린다. 사랑하는 사람의 나이만큼 익은 술이 빛을 보는 날이다. 새로운 항아리에 각자의 술을 반씩 섞는다. 신랑과 신부의 술독은 이제 하나다. 부부가 탄생할 때마다 새로운 술이 빚어졌다.

술잔을 입에 가져다 댔다. 옆 테이블에 앉은 커플이 담배를 피웠다. 연기가 자욱하게 올랐다. 아와모리가 목을 타고 넘어갔다. 밍밍하고 쓰다. 두 번째 잔을 들었다. 옆 테이블에 앉은 커플이 귓속말한다. 누가 듣는다고, 유난스럽게. 두 번째 아와모리가 목을 타고 넘어가고 있었다. 약간 달달하다. 완두콩 한 알을 안주로 먹었다. 달콤한 술 냄새와 고소한 콩 맛이 제법 어울린다. 옆 테이블에 앉은 커플이 서로에게 기대앉았다. 두 사람을 그대로 옮겨 항아리에 넣으면 아와모리가 될 것이다. 서로의 몸에 침투해 다른 사람이 들을 수 없는 사소한 비밀을 차곡차곡 쌓을 것이다. 세 번째 아와모리를 목으로 넘겼다.

어제와 오늘의 바다

아침에 눈을 뜨니 벚꽃이 피었다. 아직 추운 2월이었다. 남쪽 도시라서 일찍 꽃이 핀 거라고 짐작했다. 숙소 앞 골목을 산책했다. 듬성듬성 벚꽃이 피어 있었다. 마침 김 아저씨도 산책을 나온 모양이었다. 검은색 바람막이를 입은 채 천천히 걷고 있었다. 무언가 깊이 생각하고 있다는 걸 뒷모습만 보고도 알 수 있었다. 어느새 김 아저씨가 먼저 다가와 말을 걸었다.

"구메지마 벚꽃을 뭐라고 부르는지 알아요?"

"사쿠라 아니에요? 그것 말고 다른 이름이 있어요?"

"한비寒緋라고 불러요. 추위를 모른다는 뜻이죠."

"벚꽃은 따듯한 봄에 피는 꽃인데, 추위를 모른다고요?"

"구메지마의 벚꽃은 추운 북쪽에서부터 피어나요."

김 아저씨가 꽃잎 한 장을 주우며 말했다.

이내 그가 자기 이야기를 시작했다. 어린 시절 오사카에 왔다. 언제 정확하게 일본에 왔는지 기억이 나지 않을 정도로 어린 나이였다고. 일본에서 한국인으로 사는 게 쉽지는 않았을 것이다. 그는 가이드 일을 하기 전까지 대도시에 사는 평범한 회사원이었다. 일본의 회사 문화는 아주 경직되어 있어서 숨 쉴 구멍이 없었다고 했다. 그는 취미로 스킨 스쿠버를 시작했다. 처음 오키나와에 온 것도 스킨 스쿠버를 하기 위해서다. 깊은 바닷속에 들어가 끝을 알 수 없는 어둠이 펼쳐질 때 비로소 숨을 쉬는 기분이 들었단다. 물속에서 말이다. 이윽고 그는 오키나와 바다와 사랑에 빠져버렸다. 그길로 회사를 그만두고 이곳에 정착했다. 김 아저씨는 바다가 좋다는 말을 여러 번 했다.

그날 오후 김 아저씨는 우리를 하테노하마はての浜섬으로 데려갔다. 구메지마섬에서 약 5킬로미터 정도 떨어진 곳에 있는 무인도였다. 섬에는 죽은 것 같은 나무 한 그루가 서 있었다. 생명체라고 부를 만한 것은 그게 전부였다. 나머지는 하얀 백사장이었다. 끝에서 끝까지 모래로 이루어진 섬. 파도가 사방에서 밀려왔다. 바람은 한 방향으로 불고 있었는데, 파도는 여기저기서 들이쳤다. 낯설었다. 모래를 밟으며 섬 가장자리를 따라 천천히 걸었다. 물에 살짝 젖은 모래가 걷기에는 더 좋았다. 김 아저씨는 삐죽하게 튀어나온 섬의 모서리에 서 있었다. 바지를 걷어붙이고, 신발은 어딘가에 벗어놓은 듯했다. 반쯤 쭈그리고 앉아서 사진을 연신 찍고 있었다.

"이것 좀 보세요. 예쁘죠?"

"구메지마에서 본 파도와 별반 달라 보이지는 않아요."

"바닷속에 들어가보면 알 수 있어요. 어제와 오늘 바다는 완전히 다르다는 걸요. 바람도 새것이고 물도 새것이에요. 어제 본 해초가 오늘 죽어 있기도 하고, 다른 날에는 새로운 해초를 발견하기도 해요."

김 아저씨는 미소를 짓고는 다시 사진을 찍었다.

숙소로 돌아가는 길에 김 아저씨가 고민을 털어놓았다. 기후가 변하며 오키나와의 해초가 죽어가고 있다는 말이었다. 해초가 죽으면 흰색이 된다고 했다. 바다 아래로 내려가 하얀 시체를 마주할 때마다 눈물이 난단다. 바닷속은 검은색일 때 가장 아름답다고도 했다. 그의 눈가에 주름이 잡혔다. 무언가를 사랑한다는 건 어떤 마음일까. 친구나 연인이 아닌, 사람이나 동물이 아닌 것을 사랑한다는 건 어떤 심정일까. 숨을 참고 깊은 물속에 들어가 사랑하는 것의 시체를 마주하는 감정은 무엇일까. 도무지 가늠할 수 없었다.

구메지마섬에 다다르자 바람이 세게 불기 시작했다.

그늘진 길에는 벚꽃이 떨어져 있었다. 꽃을 사랑했다면 바닥에 떨어진 꽃의 시체를 두고 눈물을 지었을까. 추위를 모른다는 꽃이 강하다고 생각하다가도, 바닥에 떨어진 꽃잎을 보면 한없이 약해 보였다. 죽은 것은 모두 연약한 것일까. 추위를 견디고 피워낸 꽃이 바람에 떨어졌다면, 패배한 삶일까. 죽은 것과 죽지 않은 것의 경계가 생각보다 짙지 않을지도 모르겠다. 해초 시체는 바다를 지키고, 떨어진 꽃잎은 콘크리트 도로를 분홍으로 물들였다. 나는 시체 위에서 헤엄치고 산책했다. 섬뜩하지 않았다. 컴컴한 바닷속에서 하얀빛을 보았고, 회색 도로에서 분홍빛을 따라 걸었다. 이처럼 찬란한 죽음을 본 적이 없었다.

섬사람의 보물

"누가 마지막에 바다에서 나왔나? 마지막에 나온 사람이 바다의 뚜껑을 닫지도 않고 나와버렸네."

　숙소 창문으로 바다를 볼 때면 영화 「바다의 뚜껑(요시모토 바나나 소설 원작)」의 두 주인공 마리와 하지메가 잔잔

하게 부르던 노래가 떠올랐다. 도시로 떠나는 해안 마을 젊은이들과 대형 리조트가 들어서며 변해가는 바다. 그 앞에 선 두 사람이 할 수 있는 일이라고는 노래가 전부였다. 변화의 중심에서 여전히 삶을 이어가는 이들의 노래. 도망치지 않고 버티는 사람들만 할 수 있는 이야기.

"오늘은 마지막 밤이에요. 축배를 들어야 해요!"

김 아저씨가 말했다.

그날 저녁 기자들을 초대한 오키나와 관광청에서 조촐한 회식 자리를 마련해주었다. 숙소 앞에 술집이라고는 매일 가는 선술집이 전부였으므로 그날도 역시 나무로 간판을 만든 가게에 들어섰다. 기자와 관광청 직원이 가게에 가득 들어찼다. 한두 테이블을 제외하고는 모두 우리 일행이었다. 일본의 회식 문화는 생각했던 것보다 더 활기찼다. 술이 조금 들어가자 한 명씩 일어나 노래하고 춤을 추었다. 관광청 직원들의 노래가 끝나자 우리 차례가 돌아왔다.

구메지마섬을 돌아다니는 동안 김 아저씨에게 노래를 한 곡 배웠다. 「섬사람의 보물」이라는 구메지마 민요였다. 가사도 마음에 들고 멜로디도 쉬워 섬을 돌아다니며 수십 번 흥얼거렸다. 김 아저씨는 나에게 연습한 노래를 해보라며 부추겼다. 처음에는 한사코 거절했으나, 김 아저씨는 집요한 면이 있는 사람이었다. 그는 함께 노래를 불러주겠다며 내 손을 잡고 몸을 일으켰다. 졸지에 덩그러니 서 있는 사람이 되어버렸고, 이대로 앉으면 분위기가 말도 못 하게 가라앉을 것 같았다. 이찌, 니, 상, 김 아저씨는 이미 박자를 세고 있었다.

앞의 두 문장을 생각보다 깔끔하게 내뱉었다. 관광청 직원들이 적잖이 놀란 표정을 하고 쳐다봤다. 세 번째 문장부터 얼버무렸는데 김 아저씨와 직원들이 함께 노래를 불러주었다. 내가 이 노래를 외운 건 이 섬의 역사가 나의 역사와 비슷하다고 여겼기 때문이었다. 오키나와는 본래 류큐라는 독립국이었으나, 미국과 일본에 차례로 정복당한 섬이었다. 일본의 영토가 된 이후에는 정부에서 오키나와어를 배우지 못하게 했다고 한다. 섬사람들이 언어를 지키는 유일한 길은 노래였다. 민요에만 간간이 오키나와어가 섞여 있었다. 묘한 동질감에 이끌려 이 노래를 외우게 된 것이다. 나의 목소리에 구메지마 사람들의 목소리가 어우러지는 순간 심장 박동이 오묘하게 엇박자를 내고 있었다.

김 아저씨는 흥에 겨운 나머지 춤을 추기 시작했다. 양

손 주먹을 가볍게 쥐고 팔을 하늘로 치켜세웠다. 그러고는 주먹을 이리 꼬고 저리 꼬며 리듬을 탔다. 관광청 직원들은 젓가락으로 식탁을 탁탁 치며 박자를 맞추었다. 얼굴이 붉게 달아오른 최고참이 김 아저씨 옆으로 다가와 같은 춤을 추었다. 후렴구 한 음절이 끝날 때마다 사람들이 추임새를 넣었다. 이야사사! 2절에서는 우리 일행이 아닌 사람들이 추임새 넣는 소리가 났다. 어느새 술집 안 모든 사람이 「섬사람의 보물」을 부르고 있었다. 2절을 부른 뒤 나는 자리에 앉았으나 노래는 끝나지 않았다. 같은 노래를 몇 명이고 돌려받아 가며 불렀다.

자리에 앉아 아와모리를 한 잔 들이켰다. 술이 목으로 넘어가자 땀이 비 오듯 흘러내렸다. 아와모리는 신기한 술이다. 밍밍하지만 계속 들이키고 싶다. 목을 타고 부드럽게 넘어가자마자 다음 잔을 채웠다. 옆자리에 앉은 한국 기자는 연신 카메라 셔터를 눌렀다. 이 순간에도 일하는 것이다. 그는 나보다 한참 선배인 기자였는데, 역시 다르긴 다르다고 생각했다. 하지만 나는 카메라를 꺼내고 싶지는 않았다. 지금이 아니면 다시는 마주하기 힘든 장면이었다. 여행을 하고 싶었지 여행 기자가 되고 싶었던 건 아닐지도 모르겠다. 그때 나는 테이블을 젓가락으로 탁탁 치고는 이야사사를 외쳤다.

노래는 바다의 해초가 하얀 시체로 변할 때, 오랜 언어가 노랫말 속 힌트처럼 숨어버렸을 때, 사랑이 담긴 아와모리 항아리가 깨져버렸을 때, 그때 이 섬의 역사를 살아낸 사람들의 흔적이라 생각했다. 이 밤에는 노래하고 춤을 추며 흥겨워야 한다. 슬퍼할 여유가 남지 않을 때까지. 밤이 다 새도록 노래는 멈추지 않았다. 젓가락이 나무로 만든 테이블에 상처를 냈고, 춤을 추던 최고참은 비틀거리다 쓰러졌지만 아무도 걱정하지 않았다. 대신 더 호탕하게 웃고 더 큰 동작으로 춤을 추었다. 섬에 살아남은 자들이 쌀쌀한 밤에 꽃을 틔우고 있었다.

僕が生まれたこの島の海を

내가 태어났던 이 섬의 바다를

僕はどれくらい知ってるんだろう

나는 얼마나 알고 있을까

汚れてくサンゴも 減って行く魚も

더러워져 가는 산호도, 사라져 가는 물고기도

どうしたらいいのかわからない

어떻게 하면 좋을지 모르겠어

でも誰より 誰よりも知っている

하지만 누구보다 누구보다도 알고 있어

砂にまみれて 波にゆられて

모래투성이가 되고 파도에 흔들려

少しづつ変わってゆくこの海を

조금씩 변해가는 이 바다를

구메지마 민요 「섬사람의 보물」 중에서

●

사라질 이름들을
위하여

전곡

노동리의 작은 언덕

스무 살. 혼자 떠난 첫 여행지는 경기도 연천군 왕징면 노동리의 작은 집이었다. 어린 시절, 그러니까 초등학교에 입학하기도 전에 할머니와 잠시 살았던 기억 때문이다. 할머니를 유독 좋아했다. 일곱 살 꼬마 아이가 며칠이고 부모님과 떨어져 살아도 투정 한번 부리지 않았다. 도리어 집에 돌아가는 길이 아쉬워 울음을 터뜨리곤 했다. 방학이면 할머니와 비둘기호 기차를 타고 노동리 집으로 갔다. 큰 방하나와 두 개의 작은 방, 마루와 마당이 있는 한옥 구조의 집이었다. 큰방 처마 밑에는 제비가 집을 지었다. 제비가 날아들 무렵, 나도 할머니 집에 드나들었다. 마당에는 수동물 펌프가 있었는데, 주로 거기서 야외 샤워를 즐겼다. 혼자 어두운 샤워장에 들어가는 것이 무서웠다.

할머니는 집 앞에 작은 텃밭을 일궜다. 장독대 위에 올라가면 할머니가 일하는 모습을 볼 수 있었다. 오랜 시간을 장독대에서 보냈다. 낮은 난간에 걸터앉아 오징어집을 까 먹었다. 지루할 즈음에는 할머니에게 장난을 쳤다. 한국전 쟁 때 남한으로 피난 온 할머니는 북한 사투리를 썼다. 나 는 강한 억양을 흉내 내곤 했다.

"일은 잘되어 가십네까?"

뜨거운 날에는 짜증 섞인 말을 듣기도 했다.

"일 없어야, 방해 말고 들어가라우!"

할머니가 화를 내면 나는 까무러치게 웃었다. 가끔은 등짝을 세게 얻어맞기도 했다. 할머니는 가끔 워프 게이트 같은 초능력을 사용하는 듯했다. 밭에 있던 할머니가 어느 새 등 뒤로 와서 손바닥으로 등짝을 후려치면 소스라치게 놀라곤 했다. 아무튼 전곡에서는 친구가 없어도 심심하지 않았다.

밭일이 끝나면 할머니와 동네 야산에 올랐다. 곳곳에 열린 산딸기를 따서 손에 쥐고 걸었다. 언덕 꼭대기에 올랐 을 무렵에는 손과 입 주변, 그리고 하늘에 붉은 물이 들었 다. 평평한 바위에 나란히 앉아 시간을 보냈다. 할머니는 항상 한 방향으로 서서 저쪽이 북한이라고 일러주었다. 우 리는 한참 북쪽 하늘을 쳐다보았다. 그쪽에는 할머니의 어머니가 살고 있었다. 종종 북한에 두고 온 가족 이야기를 하곤 했는데, 나는 산딸기를 먹느라 제대로 들으려 하지 않았다. 오히려 저녁에는 달걀 프라이를 해달라며 얼른 내려가자고 재촉하기도 했다(얼마나 달걀 프라이를 좋아했는지, 노동리 어른들은 나를 달걀 한 판씩 먹는 아이로 기억한다).

"이제 내려가시자우요."

할머니의 소매를 잡고 끌어당겼다. 내일도 이곳에 올 테니, 아쉬울 것이 없었다.

몇 년 뒤, 할머니가 치매에 걸렸다. 내가 중학생이 될 무렵에는 증상이 심해져 가족을 못 알아보기도 했다. 어머니는 할머니가 치매에 걸렸을 때 이미 한 번 죽은 것이나 다름없었다고 회상했다. 같은 기억을 공유하지 못하는 사람은 다른 사람이 되는 것이다. 노동리의 뒷산을 기억하는 사람은 세상에 나 하나뿐이었다. 학교에서 집으로 돌아오는 골목 어귀에 항상 할머니가 앉아 있었다. 약해진 할머니의 소매를 끌어당길 수 없었다. 느려진 걸음걸이가 답답할 때면 할머니를 등에 업고 집에 들어갔다. 그때도 등짝을 몇 번이고 맞았다. 할머니가 내려달라고 고함을 쳤다. 때로는 엄마를 부르며 울었다. 노동리 언덕에 올랐던 때는 언제나 어머니라고 존칭을 사용했는데, 등 위에 오른 할머니는 엄마를 찾았다. 치매가 낫는 병이라고 생각했다. 기억을 되찾으면 다시 노동리 언덕에 오르고 싶었다. 그때는 내려가자고 재촉하지 않을 거라고.

그리움은 차곡차곡

고등학교 1학년 특별활동 시간이었다. 선생님이 나를 조용히 불러냈다. 할머니가 돌아가셨다고 했다. 장례식장에 들어서자 눈시울이 붉게 변한 아버지가 서 있었다. 할머니는 없었고 사진 한 장이 액자에 걸려 있었다. 국화꽃에서 나는 찌릿한 향기가 코를 찔렀다. 눈물은 흐르지 않았다. 아직 죽음이라는 것에 익숙하지 않은 탓이었다. 매일 밤 영정 사진 앞에서 예배를 드렸다. 할머니가 좋아하던 찬송가를 함께 불렀다.

"내 주를 가까이하게 함은 십자가 짐 같은 고생이나."

할머니의 삶은 고생이었구나. 가슴 한쪽에 그리움을 걸고 살아간다는 건 고생이구나. 그 순간 나의 마음 한구석에도 그리움이 걸렸다. 나는 처음으로 지울 수 없는 사람 하나를 묻었다.

스무 살이 되던 해, 혼자 노동리 작은 집을 찾았다. 허름한 문과 수동 물 펌프도 고스란히 남아 있었다. 여름마다 날아드는 제비도 여전했다. 모든 것이 그대로였고 단지 할머니만 집에 없었다. 살짝 열린 대문 틈으로 마당을 구경하고 돌아섰다. 할머니와 오른 언덕으로 향했다. 작은 오솔길을 따라 걸었다. 이윽고 막다른 길이 나왔다. 나무와 풀이 무성하게 자라 더는 사람이 다닐 수 없는 길이 되어버렸다. 어쩌면 나와 할머니가 길을 드나든 마지막 사람이었을지도 모르겠다.

막다른 길 앞에서 북쪽을 향해 섰다. 할머니의 고향은 신의주였다. 고등학교에 들어가서야 신의주가 정확히 어디에 있는 도시인지 알게 되었다. 중국과 국경을 맞대고 있는 도시였다. 전곡에서 아무리 북쪽을 바라보아도 시선이 닿을 리 만무했다. 언덕 위에서 할머니가 바라본 땅은 하늘 너머에 있었다. 희망 없는 그리움은 무기력하다. 무엇도 할 수 없는 사람이 할 수 있는 일이라고는 고작 하늘을 보며 그립다고 말하는 게 전부다. 언덕 위에서 내가 할 수 있는 일이라고는 산딸기를 몇 개 따 먹는 것이었다. 할머니 곁에서 입이 붉어질 때까지 먹던 산딸기를 씹었다. 시큼하고 달콤한 향이 입 안에 맴돌았다. 내려가자고 보챌 사람과 산딸기 묻은 더러운 손에 기꺼이 옷소매를 내어주는 이는 없었다.

발이 떨어지지 않았다. 내일은 이곳에 올라오지 않을 거라는 걸 알고 있었다. 사람은 잊을 수 있지만, 그리움은 차곡차곡 쌓인다. 언덕에서 내려오며 무언가를 기록해야 겠다고 마음먹었다. 그래봐야 몇 개의 문장과 단어로 하루를 쉽게 함축해버리고 말 거라는 사실을 알고 있었다. 하늘 너머에 있는, 시선이 닿지 않을 곳을 평생 바라봐야 할 운명이라는 것도 알고 있었다. 나이가 들면 바라봐야 할 하늘도 점점 늘어날 것이다. 더 가까운 그리움이 가장 멀리 있는 그리움부터 잡아먹을 테다.

지워지는 이름들

서른 살에 다시 노동리를 찾았다. 삼십 대에 들어서자 많은 것이 바뀌었다. 이십 대로 분류되던 시절, 좌충우돌은 패기였고, 시행착오는 경험이었다. 그때로부터 고작 일 년이 흘렀을 뿐이다. 사람은 달라지지 않았다. 다만, 서른 살이 된 한 인간을 바라보는 시선이 이전과 다르다. 패기보단 실력을 요구하고, 실수보단 완벽을 바란다. 서른. 인생의 무게가 전보다 무거워지는 경계였다. 삼십 일도 그렇다. 하루 단위로 계산되던 날짜가 한 달이라고 읽히기 시작한다. 개별적이었던 하루가 한 달이라는 큰 단위로 엮이는 순간, 작은 기억부터 지워진다. 사소한 고민 하나로 온종일 걱정 가득했던 하루도, 별것 아닌 일에 웃음 지었던 오후도, 시간이 지날수록 기억에서 희미해진다. 삼십 일, 소중한 하루의 무게가 가벼워지는 시점이다.

그동안 더 많은 사람을 떠나보내야 했다. 대학에서 동기를 잃었고, 교회에서 만난 청년을 잃었으며, 스물네 살에는 중학교 동창의 부고를 들어야 했다. 공익근무요원에서 소집해제 되자마자 도시락을 전해주던 어르신이 돌아가셨다는 소식을 접했다. 같은 아파트에 사는 어르신이었고, 엘리베이터에서 만나면 인사를 주고받는 사이였다. 큰언니를 떠나보낸 어머니와 큰형의 영정 사진 앞에 앉은 아버지의 곁에서 잠자코 서 있기도 했다. 아는 죽음이 많아졌고,

가까운 사람부터 줄을 세워 그리워해야 했다. 어떤 죽음은 이제 기억이 나지 않는다. 숱한 경험은 감정을 무디게 만들었다. 만약 모든 죽음에 마음을 쏟았다면 삶을 견디기 어려웠을 것이다. 살기 위해 몇 개의 죽음은 아주 깊은 어둠 속에 미뤄두어야 했다.

내가 다시 노동리를 찾은 건 두려움 때문이었다. 어느 날 가족과 식사하며 할머니에 관한 추억을 풀어놓았다. 이런저런 이야기들이 나왔고, 부모님은 전곡에 있는 할머니 집에 가보자고 했다. 그때 아무도 마을 이름을 기억하지 못했다. 아버지는 어머니의 마을을, 나는 할머니의 마을을 잊어버리고 만 것이다. 제아무리 커다란 슬픔이라도 시간이 지나면 잊힌다는 사실이 무겁게 가슴을 짓눌렀다. 기록하지 않은 하루는 사라진다. 과거는 미래와 크게 다르지 않다. 미래가 상상의 영역이라면, 과거는 실마리가 있는 상상의 영역일 뿐이다. 단서를 남겨두어야 한다고 생각했다. 마주한 사람, 지나온 시간, 슬픈 기억, 기쁜 순간, 언젠가 사라질 모든 하루를 부여잡고 싶었다. 숱한 오역과 오해를 낳는다고 해도 어쩔 수 없다. 다른 방법이 생각나지 않았다.

마지막으로 전곡에 간 날 역시 오솔길을 올랐다. 그사

이 나무와 풀이 더욱 무성하게 자라 길이 사라져버렸다. 길 중간에 서서 북쪽을 바라보았다. 그곳에 살아 있는 가족은 없다. 희미한 그리움만 남았을 뿐이다. 산딸기도 따 먹지 못했다. 먹을 수 있는 산딸기 찾는 법을 잊어버렸다. 숨을 크게 들이쉬었다. 가까운 이들의 얼굴이 떠올랐다. 지금 곁에 있는 사람들의 이름을 종이에 적어 주머니에 구겨 넣고는 집으로 향했다. 기록한 이름들은 하루 만에 사라졌다. 종이를 바지 주머니에 넣고 세탁기에 돌려버린 것이다. 기억이란 얼마나 쉽게 찢어지는가. 얼마나 무력하게 번지는가. 누군가는 잠재의식 속에 살아 있다고 말하지만, 끝끝내 깨우지 못한 기억이 더 많다. 살기 위해 여러 죽음을 기억 뒤편으로 미루어야 했다. 단언컨대 언젠가는 꼭 기억해야 할 죽음마저 지워버리고 말 것이다.

기억해야 할 이름들을 부여잡고 싶었다. 이마저도 하지 않는다면, 숱한 죽음 앞에서 이유도 모른 채 공허한 후회만 되풀이할지도 모른다. 기억나지 않는 그리움이 쌓여 삶을 짓누르게 만들고 싶지 않았다. 비록 나무가 무성하게 자라 몇 개의 기억으로 가는 길이 사라진다고 해도 어쩔 수 없다. 아주 작은 실마리들을 남겨놓을 뿐이다. 여행을 하고 글을 쓰는 건 백 년 뒤에는 호명되지 않을 이들의 기억으로 가는 작은 오솔길을 내는 일이다. 누군가 읽지 않고 오르지 않으면 금세 숲이 되어 사람이 더는 지나지 않을 길을 내는 것이다. 그것은 나의 역사, 당신의 역사, 언젠가 묻혀버릴지도 모를 이야기들을 세상에 던져놓는 일이다. 누군가 여행과 기록을 멈추지 않는 이유가 무엇이냐고 물었을 때, 여러 개의 괜찮은 문장이 떠올랐다. 그 가운데 진심에서 가장 먼 거리에 있는 문장부터 가지를 쳤다. 내게는 이제 단 한 문장만 남았다.

여전히 당신을 그리워할 수 있어서 참 다행입니다.

루빈 나타지 일로나
Rubinné Nádházi Ilona

이 책의 첫 번째 출판 미팅이 있던 날, 나는 헝가리로부터 날아온 부고를 들어야 했다. 루빈 나타지 일로나. 나는 그를 헝가리 엄마라고 불렀다. 우리가 처음 만난 건 2012년 여름이었다.

일로나는 호스피스 병동에서 일하는 간호사였다. 영어를 한마디도 할 줄 몰랐으므로 막내딸 모니카가 통역사를 자처했다. 고등학생이었던 모니카는 낮에 학교에 갔다. 그가 없으면 우리는 한마디도 나누지 못했다. 그렇다고 교류가 없었던 건 아니다. 일로나는 시시때때로 내 방에 찾아와 필요한 건 없는지, 불편한 건 없는지, 자신이 도와줄 일은 없는지 물었다. 눈빛과 몸짓만으로도 그가 하는 말을 알아차릴 수 있었다.

아침마다 굴라쉬 수프 끓는 냄새가 났다. 농담하기를 좋아하는 큰아들 졸트는 덕분에 매일 맛있는 밥을 먹는다며 너스레를 떨었다. 내가 그 집에 머문 사흘 동안 하루도 거르지 않고 아침마다 일로나와 모니카가 언쟁을 벌였다. 헝가리어로 주고받는 대화였는데도 대충 의미를 알 것 같았다. 모니카가 집 문을 닫고 나간 뒤에야 싸움은 끝이 났다. 당사자에게는 지겨운 일상이었겠으나 나에게는 더할 나위 없이 따듯한 나날이었다.

그 집을 떠나는 날, 내 옷가지들이 방문 앞에 놓여 있었다. 빨랫비누 냄새가 났다. 자전거용 패드 바지가 있어 손빨래를 한 것 같았다. 짐을 쌀 무렵 일로나는 직접 만든 잼과 빵 몇 조각을 가방에 넣어주었다. 그러고는 작은 메모지에 이렇게 적었다. 'Viszontlátásra(잘 가).'

여행을 마친 뒤에도 꾸준히 일로나와 연락했다. 우리의 언어는 사진이었다. 서로 자기가 있는 지역의 사진을 찍어 주고받곤 했다. 일로나는 내 생일마다 비틀스의 음악 영상과 숲의 사진을 보내주었다. 나의 생일은 가을이었고, 그는 그 숲의 가을을 매년 내게 선물했다.

출판 미팅을 하고 집에 돌아온 다음 날 새벽이었다. 나는 그날 잠을 이루지 못하고 있었다. 첫 책이 나온다는 생각에 가슴이 두근거렸기 때문이다. 다섯 시쯤 모니카로부터 길고 슬픈 내용의 메시지가 도착했다. [세 시간 전에 일로나가 하늘나라로 갔어.] 불과 한 달 전 일로나에게 생일 축하 메시지를 받은 나로서는 쉽게 믿어지지 않는 이야기였다. 이틀 뒤 모니카로부터 새로운 메시지가 왔다. [엄마는 이 숲 밖으로 나가본 적이 없어. 심지어 살면서 바다를 본 적도 없어.] 일로나에게 나는 그 숲 바깥의 유일한 세계였다. 내가 보낸 사진들은 서울이거나, 숲이었다. 끝끝내 나는 그에게 한국의 바다를 보여주지 못했다.

일로나는 숲의 가을을 사랑했다. 노을 지는 시간에 산책을 했고, 비틀스를 즐겨 들었다. 나는 이 모든 것을 단지 몇 장의 사진으로 알 수 있었다. 서로의 언어를 몰랐으나 다른 방식으로 대화할 수 있었다. 나에게도 일로나는 새롭고 유일한 세계였다. 헝가리와 슬로바키아 국경 마을 네츠메이Neszmély의 작은 숲과 그사이로 흐르는 다뉴브강은 모두 그의 것이었다. 내게는 그랬다.

나의 사랑하는 헝가리 엄마 루빈 나타지 일로나.

Viszontlátásra.

나의 친애하는 당신에게

이 책에는 여행자로 살아온 지난 십 년이 고스란히 그리고 제법 적나라하게 기록되어 있습니다. 가까운 사람들은 책의 내용을 보며 많이 놀랄지도 모르겠습니다. 특히 신에 관한 내용은 책에 넣을지 말지 가장 오래 고민한 지점입니다. 사랑하는 가족에게 모종의 죄책감을 가져다줄 수도 있겠다고 여겼기 때문입니다. 단언컨대 신학대학교에서 공부한 일을 후회하지 않습니다. 신을 믿는 것과 별개로, 신학, 철학과 같은 기본 학문을 수학한 시간이 서른이 넘어서 빛을 발하고 있습니다. 아울러 절대 넘겨짚지 말아야 할 부분은 그 모든 행동이 나의 선택이었다는 사실입니다. 다른 선택을 했더라도 나를 충분히 사랑해줄 사람들이 세상에 있다는 걸 어린 시절에는 깊이 생각하지 못한 탓일 뿐입니다.

최초의 여행은 가족이었습니다. 언어가 통하지 않는 세상에 태어나 울음과 웃음으로만 대화를 이어가던 시간을 기억하지 못합니다. 근래에 몇몇 친구가 자녀를 키우는 장면을 보며 여러 차례 감탄했고, 이윽고 아버지와 어머니에게 경탄하게 되었습니다. 어머니는 스물다섯에 나를 낳았습니다. 서른넷이 되어 스물다섯의 청년을 보며 앳되다는 표현이 입 밖으로 새어 나올 때마다 아저씨가 다 되었구나 합니다. 아버지는 서른에 나를 낳았습니다. 내가 기억하는 최초의 아버지는 다섯 살이 된 무렵부터이지 않을까 추측합니다. 그러니까 기억나는 아버지는 서른네다섯 정도의 남성이겠습니다. 나의 스물다섯, 서른넷을 톺아보며 생각합니다. 나는 제법 괜찮은 여행지에 떨어진, 운이 꽤 좋은 여행자라고 말입니다. 최초의 여행지는 대체로 마음에 듭니다. 이것을 신의 축복이라 감히 이야기하고 싶을 정도입니다.

나의 정서적 뿌리는 부모님을 넘어 돌아가신 할머니 이길녀 여사로부터 출발합니다. 갓 태어난 큰아버지를 등에 업고 신의주에서 서울로 건너온 강인함은 도무지 상상할 수 없는 영역입니다. 이제 막 출산을 마친 여성의 몸으로 한반도 북쪽 끝 마을에서 서울까지 걸어가는 일은 고행이었을 겁니다. 고행이라는 단어로 정리하기에 부족하지만, 언어로 더는 정리하기 어렵습니다. 그 밖에도 집 뒤뜰에 들이닥친 인민군의 눈을 피해 산으로 숨어들어 가는 기민함, 아이들을 지키기 위해 어머니를 고향에 두고 떠나는 결단력, 전쟁에서 살아남기를 선택한 할머니로부터 나의 생명이 보호되었습니다. 그때부터 나는 세상에 태어날 준비를 하고 있었던 겁니다. 내세를 믿지 않습니다. 단지 유구하게 흐르는 생명의 강을 믿을 뿐입니다. 역사는 살기로 결심한 사람에 의해 이어집니다. 그러니 나라는 사람은 할머니의 의지로 빚은 생명체입니다. 이것은 신의 축복을 넘어, 인간의 경이로움이라 표현하고 싶습니다.

나의 친구들에게 고맙다는 말을 전합니다. 승윤은 나를 작가라고 불러준 지구상 최초의 인간입니다. 내가 나를 작가로서 인정하지 못하던 때에도 그는 나를 끊임없이 작가라고 불러주었습니다. 작가가 되어야겠다고 마음먹은 순간 역시 승윤이 무대에서 노래할 때였습니다. 존경과 질투가 조금씩 섞인 마음이 끝내 창작의 열망이 되었던 겁니다. 시작이 반이라는 말이 유효한 것이라면, 이 책의 절반은 승윤의 몫이라 해도 과언은 아닐 것입니다. 다만 인세를 나눌 생각은 없습니다. 빚으로 남겨둘 생각입니다. 아주 오래 그의 삶을 지지하는 것으로 빚을 갚아갈 생각입니다. 지인은 이 책을 쓰는 순간 가장 가까이서 지지대 역할을 해주었습니다. 글은 결국 혼자서 쓰는 것이지만, 글을 완성하는 건 절대 홀로 할 수 있는 일이 아닙니다. 무너지는 순간에 멱살을 잡고 일으켜 세워줄 사람이 필요합니다. 지인은 내 책을 쓰는 일을 마치 제 일처럼 받아들여 준 친구입니다. 그렇기에 그의 비판은 폐부를 완전히 관통하는 내용이었습니다. 그것들은 나를 깊은 실의에 빠뜨렸지만, 덕분에 깊고 어두운 터널에서 빠져나오는 법을 배웠고, 그 터널 끝에서 지인이 나를 기다려주고 있었습니다. 이 밖에도 창작집단 unlook(유동, 희원, 화수), 윤준, 훈, 평강, 남권, 요셉, 우진 등은 나의 이삼십 대를 함께 보내준 소중한 친구들입니다. 책을 다 쓰고 보니 혼자서 완성한 챕터가 하나도 없습니다. 곁을 지켜준 사람들의 생각과 행동이 나라는 세계를 이루고 있음이 점점 명확해집니다. 나라는 사람을 둘러싼 세계가 없으면 나도 없습니다. 아마도 다른 정체성의 인간이 되었을 겁니다. 인간을 완성하는 건 다른 인간이라는 사실을 조금씩 받아들이고 있습니다.

신학을 공부하며 읽었던 성경 구절이 요즘 사무치게 가슴을 울립니다. 오랜 시간 살아남은 이야기에는 분명 특별한 힘이 있습니다. "네 이웃을 네 몸과 같이 사랑하라." 나와 내가 사랑하는 사람들은 하나의 유기체처럼 연결되어 있다는 생각이 듭니다. 생각과 말과 행동과 심지어 정체성까지, 몸을 제외한 나머지 부분들은 긴밀하고 촘촘하게 이어져 있습니다. 이미 돌아가신 할머니의 선택과 의지까지 말입니다. 내가 나로서 살아간다는 것은 곁에 둔 사람들을 더 열렬하게 사랑하는 일이겠습니다.

여행은 나를 둘러싼 세계 바깥에서 견고하고 아름다운 울타리를 바라보는 일이었습니다. 그리하여 돌아오는 비행기 안에서는 매번 비슷한 다짐을 하게 됩니다. 지금 곁에 있는 사람에게 충실하자는 내용입니다. 나의 존재가 세상에 변화를 가져다줄 거라는 허황된 꿈을 꾸지 않기로 했습니다. 대신 작은 울타리 안에 제법 괜찮은 정원을 가꾸는 삶이라면 좋겠습니다. 나의 정원에는 사랑이라는 나무가 자랍니다. 우정이라는 꽃이 핍니다. 신뢰라는 비가 내립니다.

만남이라는 지렁이와 이별이라는 기생충이 함께 삽니다.

네, 맞습니다. 여기는 양주안의 정원입니다. 이 편지는 정원의 출구입니다. 출구 밖에는 이제, 당신의 정원으로 가는 길이 있을 것입니다. 주어진 텃밭과 울타리가 만족스럽지 않을 수도 있습니다. 나 역시 나의 정원이 완벽하게 마음에 든다고 말하지 못합니다. 게다가 언젠가 우리의 정원이 세상에서 사라질 거라는 사실을 알고 있습니다. 그럼에도 아름다운 정원을 가꾸는 일은 중요합니다. 죽음이 자연의 일이라면, 삶은 인간의 일일 테니까요. 할 수 없는 일보다 할 수 있는 일에 힘을 쏟아내는 것이 더 현명한 선택이라고 믿으니까요. 생명은 필연적으로 거대한 힘에 저항하며 자랍니다. 아이의 키가 우주의 중력을 거스르는 것처럼 말입니다. 그러니 삶은 시대를 불문하고 버거운 것입니다. 그 속에서 나름의 정원을 가꾸며 살아가는 모든 독자에게 감사와 존경의 마음을 전합니다. 오늘도 살아 있어서 고맙습니다.

2023년 여름 파주에서

마감 당일 서평을 쓰기 위해 컴퓨터를 켰습니다. 처음 책을 건네받고, 읽어 내리고 무슨 말을 해야 할까 머릿속으로 추리고 추려도 잘 다듬어지지 않더군요. 떠오르는 말들 다 적으면 되레 제가 책을 써버리겠습니다. 앞으론 서평을 아는 사람이 아니라 모르는 사람에게 부탁하도록 하세요, 양주안 작가님. 그리고 독자님들께 제 서평엔 아주 사적인 이야기가 가득할 것이라는 양해의 말씀을 미리 드립니다.

제 인생 첫 배낭여행은 주안이와의 대화에서 시작되었습니다.

유럽 여기저기를 다니며 같은 주제로 나는 글을 쓸 테니 너는 노래를 만들면 어떻겠니? / 아 참 좋겠다. / 그럼 티켓을 끊어. / 지금? / 지금 끊어야 저렴해. / 언제로? / 내년 여름. / 그래, 너 믿고 한번 끊어본다. / 미술 하는 친구들도 있으면 좋겠다. / 알겠어, 내가 한번 찾아볼게. / 그래 다음에 보자.

시간이 흘러 저는 시간이 되는 마땅한 미술가 친구가 없다고 말했습니다. 주안이는 저희의 여행 콘셉트를 까맣게 잊고 있었습니다.

여행은 가는 거지? / 그럼 가야지. / 나 혼자서 아예 안 가봤어. 너 여행 가는 것도 이런 식이면 나 큰일 나. / 걱정 마.

저는 그 말을 굳게 믿은 채 생애 처음으로 혼자 비행기에 몸을 실었고 주안이는 만나기로 한 날 아침 예비군에 가야 한다는 문자를 딱 보내놓고 한국으로 돌아갔습니다. 강제 오십 일 나 홀로 유럽 여행을 마치고 한국에 돌아오자 주안이가 하는 말.

역시 여행은 혼자 다니는 게 좋지?

그런가 하면 삶의 모든 것에서 떠나 갈 곳이 없을 때 캐리어 두 개 달랑 들고 있는 저를 주안이는 군말 없이 받아줬습니다. 물론 그때는 머무르는 기간이 그렇게 길어질 줄 몰랐겠지만. 저는 삶을 다시 시작했고 주안이는 원래 살던 삶에 불청객을 하나 얹어 다시 묵묵히 살아갔습니다. 당시 저는 사방팔방 여건과 관계없이 공연을 하러 다녔는데 차편이 끊기면 주안이는 군말 조금 하면서 차로 데리러 와줬습니다. 참 어처구니없는 시간에 차를 많이 얻어 탔습니다. 밤이 되면 주안이 형제와 두 개의 패드를 번갈아들며 위닝일레븐을 하곤 했습니다. 보통 저희는 팀을 이루어 컴퓨터 최고난도와 월드컵을 치렀는데 열정적으로 소리 지르며 8강, 4강까지 가다가 대부분 탈락했습니다. 그렇게 일 년 정도가 지났나, 제 생일날 주안이는 패드 하나를 사서 건네주었습니다. 혼자인 게 좋다던 주안이의 집에는 플레이스테이션 패드가 세 개씩이나 있게 되었습니다. 물론 패드가 늘었다고 우승 횟수가 늘진 않았습니다.

에피소드를 나열하자면 한도 끝도 없지만 저는 작가님의 여러 모습을 알고 있습니다. 저는 작가님의 어색한 고등학교 동창이자 어느 순간부터 마음을 나눈 동료이자 어느 시절의 커다란 신세를 졌던 사람이자 어쩌면 가장 신랄한 비판자이자 이 책에서 불평쟁이로 묘사된 사람입니다. 사실 저는 이 책을 십여 년에 걸쳐 읽었습니다. 집필을 하기도 전에 옆에서 삶으로 읽었다고 봐도 무방합니다. 그래서 이 책이 잘 쓰이길 바랐습니다. 그가 겪어낸 삶이 잘 담기길 바랐습니다. 허무맹랑한 교훈이나 멋있어 보이는 문장들이 현란하지 않길 바랐습니다. 책을 덮고, '아 참 양주안이다' 싶어 고마웠습니다.

저는 주안이의 글을 참 좋아했습니다. '주안이는 사람이 보는 글을 쓴다.' 그런 생각을 했던 것 같습니다. 언젠가부터 저는 주안이를 작가님이라고 소개하고 다녔습니다. 주안이는 그걸 많이 민망해했습니다. 가끔은 하지 말라고도 했습니다. 하지만 제가 선물로 받았던 플레이스테이션 패드. 평생에 걸쳐서도 갖지 못할 그 선물은 주안이가 진실로 작가의 삶을 그만두기 전까지는 내가 먼저 작가님이라고 호명하며 갚자고 생각했던 것 같습니다. 그는 어차피 작가가 될 거니까. 그러나 언젠가의 여행 계획처럼 허무맹랑한 꿈을 곁에서 꾸게 하고 자신은 그럴 깜냥이 아니라며 슬쩍 발을 빼버릴 가능성이 있는 사람이니까. 하지만 결국 이렇게 좋은 책을 첫 작품으로 내놓는 작가가 될 거니까. 계속해서 지겹도록 되뇌어주는 역할을 해야겠다 생각했나 봅니다. 오늘부로 그 역할은 은퇴하게 되었습니다.

꽤나 의욕적인 창작자 집단 친구들 곁에서 '아직 작품을 내지 않은 상태'를 견디어낸 것에, 작가라는 호칭을 떳떳하게 듣고 싶어 하던 마음에, 그럼에도 주저하던 시간에, 도망치고 싶어 하던 순간에, 결국 내놓은 작품에, 그리고 이토록 훌륭한 것에 고마움과 자랑스러움을 숨길 수가 없습니다.

책을 읽고 보니 제가 주안이에게 진 빚은 이 책에 나오는 모든 인물에게 진 빚이나 다름없더군요. 이 책 또한 보시는 분들에게 아주 약간의 빚이 되면 좋겠습니다. 작은 빚진 마음을 주는 책이 되길 바랍니다. 그리고 여러분들이 마주하는, 마주해야 할 세상 속에서 그 빚이 이어지고 이어져 빛을 발하는 작은 순간이 있기를 바랍니다. 아주 아주 아주 사소한 순간이라도. 허무맹랑한 교훈이나 현란한 문장을 쓰려고 하는 이야기가 아닙니다. 저는 진짜로 그 빛들 덕에 살았으니까요.

이승윤(음악인)

주안의 글이 한 권의 책이 되는 과정을 곁에서 지켜봤다. 덜어내고 보태는 지난한 시간을 지나 그는 긴긴 모험을 성공리에 마쳤다. '나'를 의심하고 반성하며 성찰하는 "아무것도 아닌 사람"의 "사사로운 이야기"가 이 책에 담겼다.

그가 부여잡은 지난 시간은 읽는 이에게 질문을 던진다. '내가 놓치고 지나친 건 무엇일까?' 책을 읽는 내내 생각에 잠겼다. 그의 물음이 "가느다란 실타래"가 되어 가본 적 없는 도시와 만난 적 없는 사람들을 나와 이어주었다.

여행이 삶을 변화시키는 힘을 지니고 있다면 이 책을 읽는 것 또한 그러할 것이다.

"조그만 삶을 사는 사람"의 이야기가 읽는 이에게 깊

은 울림을 주는 이유는 많은 이가 작은 사람이기 때문일 것이다.

여기 '작은 사람'의 기록이 있다. 그가 "마주한 사람, 지나온 시간, 슬픈 기억, 기쁜 순간, 언젠가 사라질 모든 하루"가 있다.

그의 그리움이 당신에게 닿아 사랑받기를.

최지인(시인)

참고 자료

존 버거, 「존 버거의 글로 쓴 사진」, 열화당(2005, 김우룡 옮김)

어니스트 헤밍웨이, 「파리는 날마다 축제」, 이숲(2012, 주순애 옮김)

어니스트 헤밍웨이, 「노인과 바다」, 민음사(2012, 김욱동 옮김)

다자이 오사무, 「인간 실격」, 민음사(2004, 김춘미 옮김)

알베르 카뮈, 「이방인」, 민음사(2011, 김화영 옮김)

무라카미 하루키, 「달리기를 말할 때 내가 하고 싶은 이야기」, 문학사상
(2009, 임홍빈 옮김)

에리히 프롬, 「우리는 여전히 삶을 사랑하는가」, 김영사(2022, 장혜경 옮김)

돈 조지, 「좋은 여행 나쁜 여행 이상한 여행」, 컬처그라퍼(2010, 이병렬 옮김)

신영복, 「감옥으로부터의 사색」, 돌베개(2018)

신영복, 「청구회 추억」, 돌베개(2008)

레이먼드 카버, 「대성당」, 문학동네(2014, 김연수 옮김)

비비언 고닉, 「사나운 애착」, 글항아리(2021, 노지양 옮김)

최지인, 「일하고 일하고 사랑을 하고」, 창비(2022)

최지인, 「나는 벽에 붙어 잤다」, 민음사(2017)

요시모토 바나나, 「매일이, 여행」, 민음사(2017, 김난주 옮김)

요시모토 바나나, 「바다의 뚜껑」, 민음사(2016, 김난주 옮김)

프랑수아즈 사강, 「브람스를 좋아하세요...」, 민음사(2008, 김남주 옮김)

박정민, 「쓸 만한 인간」, 상상출판(2019)

이승윤, 「폐허가 된다 해도」, 2021

이승윤, 「꿈의 거처」, 2023

전유동, 「관찰자로서의 숲」, 2020

아주 사적인 여행

1판 1쇄 인쇄 2023년 6월 2일
1판 1쇄 발행 2023년 6월 21일

지은이 양주안

발행인 양원석 **편집장** 차선화 **책임편집** 박시솔
디자인 최승원, 김미선 **영업마케팅** 윤우성, 박소정, 이현주, 정다은, 박윤하

펴낸 곳 ㈜알에이치코리아
주소 서울시 금천구 가산디지털2로 53, 20층 (가산동, 한라시그마밸리)
편집문의 02-6443-8890 **도서문의** 02-6443-8800
홈페이지 http://rhk.co.kr **등록** 2004년 1월 15일 제2-3726호

ISBN 978-89-255-7640-4 (03810)